2
illustration
八城惺架
JN053148

「そう？　私は寒いと思うけれど」
葉月はマフラーに口元を埋めるようにして言う。
そこから漏れる息が白い。

『天にまします我らが神よ、その御名において奇跡を起こしたまえ。
右手がもたらすは命の恩恵、左手がもたらすは死の祝福。
地において生ける我らに恩恵をたまわらんことを。
我が身より捧げるはこの魔力』——
ポーラの周囲は金色の魔力が渦巻き、
その光は教会の高い天井にすら届いた。

ヒカルはソリューズを
背負って歩き出す。
(……温かい)
背負われた身体は、
シルバーフェイスの熱を感じる。

INTRODUCTION

日本と異世界、それぞれの戦い

12

「ルネイアース大迷宮」が出現した場所は聖ビオス教導国の聖都アギアポールの目の前であり、ここからあふれ出すモンスターを討伐するべく獣人王ゲルハルトが先遣隊を率いて大迷宮に乗り込んでいた。

しかしその消息が途絶えてしまったためにこれを救うべく冒険者が派遣された。

「東方四星」の4人も、ランクAパーティー「蒼剣星雲（そうけんせいうん）」、ランクB「キンガウルフ」とともに、援軍として大迷宮へと向かう。

迷宮内部のモンスターはゲルハルトが討伐したおかげで多くはなかったが、第6層で、なぜゲルハルトの消息が途絶えたのか、その理由を知ることになる。

立ちはだかっているのは通常サイズをはるかに超える大きさのキマイラであり、ゲルハルトはこのバケモノを相手に何日も闘い続けていたのだった。

一方、日本に残されたラヴィアは自分のできることをしようと決意する。

まず連絡を取ったのはヒカルの知り合いでもある葉月であり、葉月（はづき）とラヴィアは行動をともにすることになる。

日本では日本の、異世界では異世界での戦いが始まった。

察知されない最強職（ルール・ブレイカー）12

三上康明

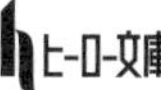

察知されない最強職
ルール・ブレイカー
12
illustration 八城惺架

CONTENTS

イラスト／八城惺架
装丁・本文デザイン／5GAS DESIGN STUDIO
校正／福島典子（東京出版サービスセンター）
ＤＴＰ／伊大知桂子（主婦の友社）

この物語は、小説投稿サイト「小説家になろう」で
発表された同名作品に、書籍化にあたって
大幅に加筆修正を加えたフィクションです。
実在の人物・団体等とは関係ありません。

プロローグ　おとぎ話とも言われるような伝説の迷宮

つるりとした壁面に手を触れると、ひんやりとしていた。その壁の裏側には魔力が走っているのが感じられるが、魔術的な痕跡はヒカルの「魔力探知」をもってしてもさっぱりわからない。確かに、つい今し方、ここに人が消えたのだ——佐々鞍綾乃（ささくらあやの）が。いや、ソアールネイ＝サークが。

壁面に人が溶け込むような魔術や魔法は聞いたことがなかった。

あの瞬間に「魔力探知」を全開で使っていたらわかったかもしれないけれど、事態の変化の早さについていくのが精いっぱいでそれどころではなかった。ソアールネイが消えた場所をどう確認しても、なんの痕跡もない。

「未知の魔術か……」

頭の中を整理する。

日本で出会った新聞記者の佐々鞍綾乃が、異世界にいた魔術師ソアールネイ＝サークの魂が宿った存在だなんて思いも寄らなかった。そしてそのソアールネイこそが、大魔術師の系譜であるサーク家の末裔（まつえい）であり、ヒカルが日本へ移動するのに使う「世界を渡る術」

の基礎魔術式を考案した研究者であった。

ソアールネイは魔術事故により命を失い、魂が彷徨(さまよ)った末に佐々鞍綾乃の肉体にたどり着いた。魂と魂が引き合う力は実在する。「世界を渡る術」はその力を利用しているのだから。つまり「東方四星」が異世界から来て住むことになったマンションに綾乃が住んでいたというのは、必然だったのかもしれない。

それはともかく、今、である。

「落ち着け……僕」

状況を再確認せねば。なにをするにも、まずは自分の現在地を確認しなければ始まらない。

「ここはダンジョンだ。ソアールネイが言うには『ルネイアース大迷宮』だってことだけど」

壁面はつるりとしており、足元は固い。ここは人工的な四角い部屋だった。

人工ダンジョン……サーク家が作ったダンジョンだということだろうか。

「ルネイアース大迷宮」についてはヒカルも知っている。その存在はまさにおとぎ話の類であるかもしれないが、冒険者が酒を飲みながら話す鉄板ネタのうちのひとつだ。

——「深淵(しんえん)の賢者」ルネイアースが作ったダンジョンには、一国の宝物殿にも匹敵するほどの財宝がある。

――魔術トラップがあふれる大迷宮なので、入った者は誰ひとり帰ってこないから、存在自体がいまだに不明なんだって。

――入口は黄金を巻いた柱でできていて、これを剥がして持ち帰った冒険者がその存在を初めて明らかにしたんだ。

「……黄金も財宝もどこにもないけど」

ヒカルはつぶやいた。財宝が持ち去られた後のダンジョンという感じでもなかった――あまりに清潔でホコリひとつ落ちていないからだ。

いずれにせよ、謎に満ちたその大迷宮は存在をちらつかせただけで、いかなる冒険者も見つけられなかった……らしい。

らしい、というのは、この世界にはカメラもインターネットもないので、情報の伝わる速度が遅く、権力者が本気を出せば情報統制くらいは可能だからだ。

もしかしたら、すでに発見されて踏破されていて、その情報だけが一人歩きしているということは十分あり得る。

もちろんソアールネイの口ぶりを思えば「ルネイアース大迷宮」は現役バリバリのダンジョンっぽかったが、ヒカルはソアールネイを信じる気にはなれなかった。

ソアールネイとの最後の会話を思い返す。

――御土璃山で魔力を得られたのは、おれが堂山老人のために動いたからだ。そうだろ？　であれば礼をしてくれてもいいじゃないか。

――……できないわ。

――できない？

――さあ、話は終わりよ。私はようやくこっちに戻ってくることができた。やらなければならないことが山ほどある。あなたへの礼は……そうね、それなら選択肢をあげるわ。ひとつ、帰り道はこちらの道。ふたつ、迷宮の最奥に挑むならこちらの道――今いるこの場所は、迷宮のちょうど中央に位置する小部屋よ。

それぞれ右手と左手の通路を示しながら言ったのだった。

「……ソアールネイがこちらの世界に戻るための魔力は御土璃山で見つけたわけだが、その発見は僕のおかげであることは間違いない。だけど返礼として『世界を渡る術』を求めたら、それは『できない』と言った。できない、とはどういう意味だ？　魔力が足りないからか？　……わからない。情報が足りなすぎる」

ヒカルは顔を向ける。

左右には人ひとりが通れる大きさの通路が口を開けていた。

そして中央の壁には、大きく、仄青(ほのあお)い光で数字が浮かび上がっていた。

「37」と。

単純な魔術で描かれた文字だった。

「ここが37番目の部屋とか、そういうことかな」

ヒカルは歩きながらそうつぶやいた。

「まあ、なにがどうでも僕がやるべきことは変わらない。……もう一度『世界を渡る術』を使ってラヴィアに会うんだ」

そのために採るべき選択肢はひとつだった。

ヒカルは「帰り道」と言われた通路を選んだのだった。通路の先は長い上り階段になっていた。

第47章 「東方四星」は迷宮に挑み、仮面の少年は迷宮に背を向ける

自分がこんなにも弱かったなんて、ラヴィアは知らなかった。

御土璃山の洞窟でヒカルと綾乃のふたりが亀裂の向こうにかき消えたあとには、呆然と立ち尽くす自分と堂山老人、ウソのように光がなくなった高濃度魔力結晶だけが残された。

どこをどうやって戻ってきたのかラヴィアは記憶があいまいだが、堂山老人が淹れてくれたお茶を堂山邸の一室で飲むと、自分の身体に熱が戻ってくるのを感じた。

ヒカルがいなくなるなんて想像もしないことだった。

あのヒカルが、自分の目の前からかき消えるなんて。

それはハンマーでぶん殴られたような衝撃であり、ラヴィアの視界はいっとき真っ暗になったのだった。

お茶の温かさによってハッと我に返り、状況が理解できるようになってきた。

(佐々鞍綾乃は「佐々鞍綾乃」ではなかった……。そしてあの女が使ったのは「世界を渡る術」。魔術式も触媒もないのにやってのけた……あの女は魔術師だった。ヒカルはそこ

に巻き込まれて消えた)

佐々鞍綾乃が使っていた言語を考えるに、ラヴィアが生まれた世界の大陸共通語なので、同じ世界につながっているはずだ。だからヒカルはあちらの世界にいることになる。ヒカルは生きている。あっちの世界にはポーラもいる。

そう思うと心が落ち着いてくる。

(わたしは、わたしがやらなくちゃいけないことをしないと)

こうなるとラヴィアは強かった。

まず堂山老人に事情を説明した——いったいなにが起きたのかラヴィアにも正確にはわからないこと、御土璃山の鉱脈は魔力を持っていたこと、鉱脈に魔力が戻るかどうかはわからないことを。

堂山老人によれば、過去にも光がなくなることはあったらしい。だから気にしなくていいと老人は言った。

「それよりも……魔法みたいなものはほんとうにあったんじゃな」

「あれは魔術です」

「ワシにはよくわからんよ。彼が帰ってくるまでここにおるかい?」

「……いえ、一度帰ろうと思います」

表には大量の報道陣が詰めかけているので、その隙を突いていくことになるだろう。

「あ、その前に連絡しなきゃ」

ラヴィアは大事なことに気がついた。今日は彼女が日本に来て10日目になるので、今夜、「世界を渡る術」が実行されるはずだ。

実行者はセリカだ。そうなるとラヴィアではなく、彼女の友人である葉月の前に亀裂が現れるはずだ——ラヴィアは向こうの世界で起きていることを知らなかったので、そう考えた。向こうではポーンソニアの王都の古びた倉庫が壊されたため「四元精霊合一理論」を利用した「世界を渡る術」が実行できない状況であり、そもそもセリカが冒険者ギルドの要請で「ルネイアース大迷宮」へ向かっているのである。

ともあれラヴィアは今夜「世界が渡る術」が実行されると思っている。向こうと連絡を取る——つまりヒカルのことを伝え、ラヴィア自身が向こうに帰るためには葉月に会わなければならなかった。

ラヴィアが堂山老人に電話をかけさせてほしいと言うと、老人は気を利かせて部屋を出て行った。

広々とした畳敷きの応接室に、ぽつりとラヴィアがひとり残された。

スマートフォンを取り出し、慣れた手つきで画面のロックを解除すると通話アプリを呼び出した。

「葉月……これね」

通話のボタンを押そうとした瞬間、ラヴィアの指が止まった。

葉月とは一度、マンションの廊下ですれ違った。

黒髪をなびかせた彼女は、薄い唇といい、白い肌といい、どこか薄幸そうな感じがする美しい少女だった。

あのときヒカルは葉月となにか言葉を交わしていたが、ラヴィアは日本語をまったく勉強していない状態だったので、どんな話をしていたのか内容を理解できなかった。

ヒカルはその後、葉月のことを、

——僕が、この世界でとても……とても、お世話になった人。

と言った。

エレベーターから出てきた葉月を見たときのヒカルの顔を、ラヴィアは思い出すことができる。驚きはもちろんあったけれど、うれしさと、そしてどこか……泣きそうな顔だった。ヒカルがこんな顔をするのだなんて知らなかった。

そして思い出している今、ラヴィアはなんだか胸が苦しくなった。

それは初めて覚える感情だった。ぴたりと止まった指をどうしていいのかわからなくなった。

——ラヴィア。

「！」

耳元でヒカルの声が聞こえた気がした。

それが空耳であることは明らかで、堂山邸には耳を圧するような静寂が満ちている。

「……ヒカル」

だけれど空耳でも十分だった。ラヴィアの気持ちもまた静まり、落ち着く。

「過去になにがあってもヒカルはヒカル。わたしの過去になにがあっても、わたしをわたしとして受け止めてくれたみたいに……」

ラヴィアは通話ボタンをタップした。すると数回のコールの後に葉月が出た。

ポーンソニア王国王都ギィ＝ポーンソニアの夜更け。
「あ〜〜〜〜……ど、ど、どうしよう……」
あてどもなく王都を彷徨(さまよ)っていたのはポーラだった。
「世界を渡る術」を使うために利用していた古びた倉庫が取り壊され、「東方四星」も冒険者ギルドの要請を受けて行ってしまった。ヒカルとラヴィアは日本にいるはずで、ポーラの手元にあるのは「世界を渡る術」を実行するのに必要な魔術式と触媒だけ——ただし、この魔術を起動するのに必要な精霊魔法石がない。

精霊魔法石さえあれば、一方通行ながら日本にいるヒカルに亀裂をつなぐことができるかもしれない。こちらの状況をメモした手紙を送れば、ヒカルならアイディアを出してくれる……そう思っていた。

しかし。

知ってはいたが、ビッグサイズの精霊魔法石の金額はべらぼうに高い。「呪蝕ノ秘毒」による災禍のせいで流通が滞って絶対数が少なく、それらもすぐに売れてしまうのだから価格が高騰するのも当然だった。いくら高くても必要な人間はお金を出して買うのだ。

「ほんとにどうしよう……」

この王都には知り合いもいないのでひとりでどうにかしなければならない、そう考えるとプレッシャーでどうしていいかわからなくなってしまうのだった。

「ク、クジャストリア女王陛下に連絡をすればどうにかしてくださるでしょうか……いえ、なんと言ってご連絡すればいいかもわかりませんし……」

たとえば「白銀の貌」について情報があると申し出ても、女王が会ってくれるはずもない。治安当局なんかが出てきて事情聴取が始まるのが関の山だ。王族だけが知る秘密の通路を教えてもらってラヴィアが使ったことはあったが、ポーラは知らない。なぜかと言えばポーラの「ソウルボード」に「隠密」関連スキルはひとつもないからだった。

それに、最近は貴族の腐敗を一掃するために王都に特別捜査官のチームができたと聞いたことがある。それもこれも先代王の崩御による王位継承争いで王太子の派閥が暗躍したせいであり、その不正を暴いたのもまたシルバーフェイス――ヒカルだったのだが。

　ちなみに言うとポーラも、考えるだけ考えてなにも行動しなかったわけではなく、わざわざ王城まで出向いて衛兵に聞いてみたのだった。「す、すみません～……銀の仮面の人についての情報とかって集めてたりするんですかぁ？」と。するとにこやかだった衛兵たちの雰囲気が一転して色めき立ち、「ちょっとここで待っていろ、上を呼んでくる」とひとりが走り出すと、しばらくして向こうの方にいた巨漢――おそらく騎士団長ローレンス＝ディ＝ファルコンがのっしのっしと歩いてきたのでポーラは回れ右して逃げ出したのだった。たまたま通りがかった商隊の輸送馬車に紛れたのでなんとか逃げ切れたのだが。

　そうなってしまうとポーラが取り得る手段はほとんどなく、あてどもなく王都を彷徨(さまよ)ったがなにも解決しないまま一日が過ぎてしまったというわけで。

　ぐぅ。

　小さくお腹(なか)が鳴った。そういえば――今日はまだなにも食べてなかったっけ、と気がついた。

　そんなポーラは、美味しそうなスープのニオイが漂っているのに気がついた。くんくんとニオイを嗅ぎながらそちらに向かうと、そこはスラムの一画であり、廃教会に行き当たった。

こんなところにも教会があったんだなぁ、来たことなかったなぁ、なんてぼんやり思いながら、壊れてしまって開いたまま閉じることのできない扉を通り抜けて礼拝堂に入る。

壊れた長椅子に破れた壁と、中はぼろぼろだった。最近の「呪蝕ノ秘毒」災禍のときにあちこちの廃教会でポーラが治療に当たって大活躍した結果、それらの教会は人々の善意で修繕され、こぎれいになっていたのだが、ポーラも知らない廃教会はいまだにいっぱいあるし、ぼろぼろのままだった。

だが今のポーラが気にしているのは教会の外見ではなく、美味しそうなニオイだ。

ふらふらとそちらに行くと、中央に小さな祭壇があり、腰の上でバッキリ折られて元の姿をまったく想像できないちんまりした主神像がある。

祭壇の足元に——あった。

食事が。

いや、それだけじゃない、老人が横たわっていた。

顔色はすでに土のようになっており、痩せさらばえた身体は疑うまでもなく余命あとわずかという感じである。

服装はこの廃教会にいるにしては上等なものを着ていたが、一般水準での富豪とかそういうものでは全然ない。

(死装束(しにしょうぞく)……)

ポーラはすぐにピンと来た。この老人は余命はわずかであり、死に場所としてここにやってきたのだろう。ひとりで身支度ができる体力もなさそうなので、家族が連れてきたのか。

ではその家族はといえば、周囲に見えない。ここに残して去ったのだろうか。もしや、老人の看病に困り果て、最後のお世話だけして去ったのかもしれない。だとすると、このこぎれいな格好とそれなりに豪華な食事が、罪悪感の象徴のように見えてしまう。

「お爺さん」

声を掛けながら、ポーラはハッとして花の模様が彫られた銀の仮面を顔に装着した。

「……う……だ、誰だね、君は……」

「修道女です」

「そ、そうか……すまぬ。教会を死ぬ場所として選んだのだが……まさか、教会の者がいるとは」

これだけぼろぼろの教会であれば、「棄てられた教会」だとふつうは思うだろう。

「私は通りがかっただけの者ですから」

「……ならば、離れてくれぬか……」

「なぜでしょうか？　死を迎える方を看取るのも修道女の役目です」

「いや……ワシの病気は伝染するのだ……先日の黒腐病ほどではないが……」

黒腐病とは「呪蝕ノ秘毒」の別の呼び名だった。人から人へ伝染する症状だったので、みんなこれが「病気」だと考え、まさか「毒」によるものだとは思いもしなかった。

「ご病気なのですか？　それなら『回復魔法』で治るんじゃ……」

「いいのだ……大金を積んだが、教会の魔法では手も足も出なかった……これ以上金を使うのは、残る息子の家族に迷惑がかかる……」

「そうでしたか」

この瞬間、ポーラはこの老人を救おうと決意した。

できるかどうかはわからないが、家族を思いやって死を選べる人ならば全力で救いたいと思ったのだ。

ヒカルはポーラに「回復魔法」の力を与えてくれた。そしてヒカルがそばにいないときにはポーラ自身の考えに従ってこの力を使うか使わないか、決めていいと言ってくれた。

「ひとつ聞きたいのですが……この世に未練はありませんか？」

だから最後にひとつだけ確認をする。もしほんとうに——死にたい、と思っているのであれば、救っていいのかどうか考えなければならない。

「未練……？」

その瞬間、老人の目が開かれた。

「あるに、決まっておる！　年が明ければ5人目の孫が生まれるし、息子に任せる店だって開いたばかりだった……！　ワシが生きておれば、あと、せめて、1年あれば、息子が安心してやっていけるだけのことを教えてやれたのに……！」

老人の目からあふれた涙が、そのとき黄金の光を反射した。

「な……なんじゃ……？」

それはポーラが放つ光だった。

「『天にまします我らが神よ、その御名において奇跡を起こしたまえ。右手がもたらすは命の恩恵、左手がもたらすは死の祝福。地において生ける我らに恩恵をたまわらんことを。我が身より捧げるはこの魔力』――」

ポーラの手が老人の胸元に置かれる。すでに直視できないほどの光をポーラは放っており、その光は老人の身体に移っていく。

「お、おお……おおお………」

その光の温かさに老人は覚えがあった――老人にとってははるか昔に、母の手に抱かれた温かさと同じだった。教会で何度も「回復魔法」を受けたことはあったというのに、これほどの温かさ、心を震わせるような力はなかった。

ハッと気がついたときには魔法が終わっていた。

「ふー……」

ポーラが天を見上げて――破れた教会の屋根を見上げて長い息を吐く。病状がかなり進行していたので膨大な魔力を消費したのだ。だが幸いだったのは老人は病気以外には悪い部分が全然なく、筋肉や骨は頑健そのものだったので魔法でどうにかなった。

魔法は医学より万能だが、医学の知識がなければ魔法を活かすことはできない。「呪蝕ノ秘毒」の災禍でもそうだったが、魔法の万能性でどうにかならなかったときには、この世界は脆い。ヒカルは魔術と医学の知識で「呪蝕ノ秘毒」を乗り切ったが、ポーラもまたヒカルのそばで多くを学ぶことができた。

この老人が魔法によって回復したとしても、たとえば心臓が弱り切っているとか、筋肉が衰えてしまって歩けないとか、そうなっていた場合は治療後も苦しくなる。ポーラはこの老人に「回復魔法」を使いながら、効率と、治療後にどうなるかを考えていた。いけると思ったので最後の最後まで魔法を掛けきった。

「これで大丈夫です。あ、でもしばらくは無理をせず、消化のいい食べ物を食べて――」

「お嬢ちゃん！」

「ひゃ⁉」

がばりと起き上がった老人だったが、突如腰を押さえてうめいた。

「あ、だ、だ、だ……」

「大丈夫ですかっ⁉　あまり動いていなかったでしょうから、急に動いたら身体がびっくりしちゃいますよ」

「そ、そんなことはどうでもよい……どうでもよくてだな、それよりもワシに一体なにを……」

言いかけたとき、ぐぅぅぅぅぅと老人の腹が鳴った。

「あ」

「ふふっ。身体は正直ですね、食べたいって言ってますよ」

「ワシは……この1週間は食欲がなく、食べても戻していたというのに……」

「どうぞ、召し上がってください。よく噛(か)んでくださいね」

「お、おお……」

床に座ったまま、老人は恐る恐るパンを手に取って口に運ぶが、咀嚼(そしゃく)するうちにぴたりと止まってしまった。

「………」

「どうしました？　どこか痛みますか？」

「……これは、息子たちがワシの最期にと用意してくれた食事だったのだよ……。最後の最後まで治療したいと言う息子を止めるために、ワシは『死に顔を見られたくない』と言ってワシひとりを、ここに放り出させた……そうしたら、息子は『食事くらいは用意させてくれ』と……『死出の旅にあまりに寂しいじゃないか』と言ってな……」

「………」

「……息子は泣いておった。ワシが気を遣わせたくないからこうさせたこともわかっておった。心の優しい子なんじゃよ。『ごめん、親父ごめん』と泣きながら何度も言って……このパンは美味いなぁ」

老人は泣きながらパンを食べ、スープを飲んだ。身体がびっくりしないようにゆっくりと。

食べ終わって人心地ついた老人が、ポーラに向き直る。

「助かった。礼を言わねばならん」

「い、いえいえ、私はただ、聖職者としてなすべきことをしただけですから」

「ワシはお嬢ちゃんに言葉だけでなくちゃんと礼がしたい」

「それには及びません、ほんとうに」

「そうはいかん。これほどのことをされてありがとうの一言だけではワシの商売人としての沽券にも関わる。なにが欲しい？　あいにく金はないがツテはある。この王都に暮らして4代目の金物問屋じゃから、あらゆる業界に話ができるぞ」

「いえいえ、ほんとうに……」

とポーラが言いかけたときだった。

ぐぅうううう、と今度はポーラの腹が鳴った。

「あ」

自分も空腹だったのをすっかり忘れていた。そんな状態で魔力を消耗する魔法を使ったものだから、空腹が加速するのは当然のことだった。

「かっかっかっか。お嬢ちゃん、ワシに先ほどくれた言葉をそのまま返そう。身体は正直じゃの」

老人は言うと立ち上がり、ポーラを食事に誘ってくれた。

ポーラは断り切れず、食事くらいならと老人のお宅にお邪魔すると――そこでは老人の死を悼(いた)んで泣き濡れていた息子たち家族がおり、老人の回復に狂喜乱舞し、店じまいしようとしていた居酒屋の店主を呼び出して料理を作らせ、それを振る舞ってくれた。

ポーラはニコニコ顔で食事を楽しんだのだが――気がついていなかった。彼らは「奇跡」「教会が見放した父を救ってくれた聖人」「まさか本物の『彷徨(さすらい)の聖女』」と、踊り出さんばかりにテンションが上がっていたのである。

さらには老人自身が言ったとおり、彼は王都の下町に広いツテを持っており、その情報ネットワークを通じて「彷徨の聖女」の話が広がろうとしていた。

「お嬢ちゃん、できれば3日後にあの教会に来てくれんかね？　お金もモノも受け取ってくれんというのなら、せめてあの教会をぴかぴかにしてお返ししたい」

そう言われてしまえばポーラとて無下(むげ)に断ることはできない。

「わかりましたっ」

お腹いっぱいで幸せな気持ちになり、そう返事をしたのだった。

ポーラは、3日後には綺麗に掃除された教会を見られそうだな、くらいにしか思っていなかったのだが――。

◇

ギャアッ、ギャァアッ、と不吉な叫び声が上空から降ってくる。

晴天だというのにこの山の周辺だけは邪悪な瘴気が立ちこめて薄暗い。羽を生やした悪魔系モンスターが、飽きもせずに空を四六時中旋回してはわめき声を上げているのだった。

聖ビオス教導国の聖都アギアポール。この大陸全土に広がる教会組織の総本山であり、多くの聖職者が住まう都市だ。聖地とも言えるその場所の目と鼻の先に邪悪な瘴気をまき散らす山が現れ、しかも悪魔系のモンスターがそこからあふれ出している。

アギアポールにとって幸運だったのは聖都郊外に獣人軍が駐屯していたことだった。

つい先日までは交戦状態にあった『中央連合アインビスト』の獣人軍だが、彼らの目的は聖都に違法に囚われて奴隷のように扱われていた仲間の獣人の解放であり、保護した獣人も多くが駐屯地にいた。そのため仲間を守るために戦わざるを得なかった。聖都にとって攻め込まれたときには不幸の象徴だった獣人軍だが、今は悪魔たちを食い止める救世主になっていた。

とはいえ、教会も指をくわえて眺めているだけなんてこともなく――なにせ聖職者は悪魔系モンスターの討伐が大の得意なのだから――獣人軍と共同で戦線を張ることになり、今はあふれたモンスターをあらかた討伐し終えていた。

だが討伐できたのは聖都方面だけで、反対側の森林地帯に入り込んだモンスターについては手つかずだった。森林で暴れているだけなら放っておけばいいのだが、森林を抜けるとそこには主要街道が延びている。この街道は聖都と他の主要都市を結ぶ重要な街道で、モンスターによって封鎖されると聖都に流入する物資が滞ってしまう。さらなる問題としては、この街道に面した森林地帯は広大で、街道のすべてに軍を展開することは実質的に不可能だということだった。

聖都の備蓄はおよそ半年分。

やるべきことははっきりしていた――モンスターがあふれる根本原因をつぶすのだ。

突如として現れたこの邪悪な山には、ダンジョンがあった。

ダンジョンの入口には石碑が置かれていて、そこにはこう書かれている。

『覇道(はどう)を征(ゆ)く者。

叡智を求める者。

魔導を究める者。

奸智に長けし者。

勇猛を宿す者。

我が挑戦を受けよ。

すべてを乗り越えし者は、魔術の真髄を知る——ルネイアース・オ・サーク』

冒険者たちが憧れる「ルネイアース大迷宮」を示唆する石碑だ。

そう、ここにはあの伝説の迷宮がある——。

「なんだあ？　この石碑は、ちゃっちぃなあ」

その石碑の正面から前蹴りをくれた男がいた。上背のある、がっしりとした体躯だった。クセのある金色の髪は獅子のたてがみのようになっており、広い背の肩甲骨あたりまで流れている。

竜種のレザーを使った緑色のジャケットを羽織っており、腰には得物らしい金属の爪をぶら下げていた——ひとつひとつの爪が、短刀ほどもある物騒な代物だ。

「キンガ、頼むからポーンソニア冒険者の品位を貶めるような振る舞いは慎んでくれ」

深いため息をつきながら忠告したのは、冒険者としては年齢の行っている——40歳前後になろうかという男だった。グレーの髪を短く刈り込み、冒険者らしくない落ち着き払った表情ではあったがしっかりと日に焼けている。赤銅色（しゃくどういろ）のレザーメイルを着込んだ肉体は年齢を感じさせないほど鍛えられており、おそらくその鎧（よろい）も高級な魔物のレザーを使用しているのだろう、かすかに魔力を帯びていた。

　そしてなにより目を引くのが背負っている長剣だ。鞘（さや）のこしらえには魔石を利用しており豪華きわまりなかった。

「ケッ。ランクAのマリウス様は言うことが違うなぁ？　品位だってよ。どこぞの御貴族様かと思ったぜ」

　キンガ、と呼ばれた男は悪びれた様子もなく振り返る。

「だから君たちはランクがBのままなのだ。それこそ貴族たちとの交流も増えるぞ、Aになると」

「バァカ。へーこら頭下げなきゃいけねえんなら、Bで十分だぜ」

　露骨な言葉に、マリウスの背後にいた男たちがギロリと視線を向けたが、キンガはまったく怯（ひる）まなかった。

「キンガ様ぁ～。ここにいたんですかぁ？」

　ぞろぞろと30人ほどの一団がやってきたが、そのほとんどは女性だった。冒険者としての腕よりも、見た目を重視したのでは？　と思ってしまうほどの美女ばかりである。男もいるにはいたが、顔を伏せており鬱々としていた。

「おお、このダンジョンを踏破するのは俺たちだからよ、とりあえずここに足跡をつけておいたってわけだ」

キンガは蹴って泥を付けた石碑を親指で指しながら、やってきた女ふたりの肩に両腕を回して胸を揉んだ。

「きゃっ。キンガ様ったらぁ、ここ、外ですよ」

「お前、もっと興奮するセックスしてえって言ってたじゃねえか。ランクA冒険者様が見てる前ってのはどうだ？」

「やだぁ～」

女は嫌がるようなそぶりをするが、キンガはがっちりと腕を回しているので逃げることもできないし、胸を揉む手も止まらない。

「好きにするといいが、我々は先に行くぞ。ここが『ルネイアース大迷宮』かどうかはわからないが、ギルドからの依頼は最低限こなしておくべきだからな」

そうしてマリウスが背後を振り返る。

「——ソリューズ、『東方四星』も我々といっしょに行くか？」

マリウスの仲間であるパーティーのすぐ隣にいたのは、金髪をシニヨンでまとめている冒険者、ソリューズ＝ランデだった。

「ええ、序盤はともに行動したほうが良さそうですね。『蒼剣星雲』の戦いを見学できるチャンスでもありますし」

「そうか。みんな、異論はないか？」

マリウスの仲間たち——ランクA冒険者パーティーのメンバーはうなずいた。

「異論はあるぜ！」

声を上げたのはキンガだった。

「『東方四星』は『キンガウルフ』と行動をともにしたらいいだろうが。なっ、ソリューズちゃんよ。いい加減ウチに合流しろって～。『太陽乙女』なんて言われるアンタまで入ってくれたら、ランクAだって視野に入るぞ」

「30人からなるパーティーでまだ人手が欲しいんですか？」

「おお、いつだって美女は足りてねえよ」

そういうキンガの手はいまだに胸を揉み続けているが、ソリューズはわずかほども表情を変えずに、

「私たちは4人で十分だし、4人でランクAを目指すと決めているので」

「つれねぇなあ！　そこがたまらねえんだけどなぁ！」

キンガは残念そうに言っているが、残念そうなのはキンガだけで、彼のパーティーメンバーである女たちは白けた目をソリューズとセリカに向けていた。「消えろ」「お高くとま

ってんじゃねーよブスが」「男日照りの4人組」と小声でぼそぼそ言っているのが、耳のいいサーラに全部聞こえてたりする。

「出発だ！」

マリウスが声を上げると、先頭を「蒼剣星雲」の12人が、次に「東方四星」の4人が、最後には——準備がもたついたせいで10分後に「キンガウルフ」の30人が入っていく。

それを見届けたのは、聖都から派遣されてきた神殿騎士（テンプル）と獣人軍それぞれの監視役だった。

「だ、大丈夫なのかね。聖都の冒険者よりもずいぶん個性的なようだが」

神殿騎士が言うと、獣人兵が、

「冒険者なんてあんなもんじゃねえのかな。実力があるならそれでいいだろ」

「それはそうだが……獣人王の探索がうまくいく気がしなくてな」

冒険者ギルドからの依頼は、新たに発見されたこの大迷宮で、「治安活動に当たっている聖ビオス教導国軍の指揮下に入れ」というものだった。

それもこれもすべて、アインビストの盟主であるゲルハルトが——。

「——信じるしかない」

監視役のふたりの後ろに現れて言ったのは、豊かな赤い髪をなびかせた少女だった。

「こ、これはジルアーテ殿」

「副盟主、お疲れさまっす」

「見届けご苦労」

彼女が言うと、ふたりは一礼して去っていく。つい3か月前には想像もできなかったことだ——神殿騎士と獣人兵が並んで雑談をするなんて。

彼女は——副盟主にしてヒト種族である彼女は、ジルアーテ＝コステンロス＝イーガー。

ジルアーテこそが、冒険者たちにゲルハルトの「捜索」を依頼した張本人だ。

この大迷宮を擁(よう)する邪悪な山が出現すると、獣人軍を率いていたゲルハルトは真っ先に「俺が見に行く」と言い張った。そして100人の精鋭を募ると、先遣隊として悪魔系モンスターを討伐しつつダンジョンへと足を踏み入れたのだった。

それから散発的に、現状報告の伝令が走ってきた。ダンジョンの階層のひとつひとつがとんでもなく広いこと。中にはみっちりと悪魔系モンスターがおり、それらを倒しながら進んでいること。トラップも現役なので探索に時間がかかっていること。第6層に到達したこと。

だが、5日前を境に消息が途絶えた。

最後の伝令はこう言っていた。

——第6層の敵は段違いに強くて……それで何人も犠牲者が出たんだ。ゲルハルト様は、邪悪なニオイがぷんぷん漂ってるから、このフロアを一掃するって言ってた。たぶん、倒しきってから戻るつもりなんだ。

と。

ジルアーテはゲルハルトに加勢するために今にも飛び出したかったが、副盟主までいなくなればアインビスト軍の統率が取れなくなってしまう。そんな折、ポーンソニア王国から高ランクの冒険者がやってきた。

モンスター掃討とダンジョン調査はビオス軍と獣人軍とが動いていたが、指揮の実権は獣人軍が握っていたので、ジルアーテは獣人軍の長として冒険者たちに依頼した。

ゲルハルトを捜し出してほしいと。

ランクA冒険者パーティーがひとつと、ランクBがふたつ。ランクCやDも来ることになっているが、彼らは明日以降の到着予定であり、どのみちAかBが本命だとジルアーテは思っていた。ジルアーテも知るソリューズがいたことはうれしい誤算だった。彼女は実力もあるし、人柄も信用できる。

だが、あまりにも未知であるこの大迷宮でなにが起きて、どんな敵が待っているのか、ジルアーテには想像することしかできない。こうして大迷宮の入口まで見送りに来るのができることのすべてだった。

（もどかしい……）

ジルアーテは両手を握りしめる。

（……ここに、彼がいてくれたらいいのに）

ソリューズ以上にその実力と人柄を信用できる――ジルアーテにとっては好きや憧れが入り交じり、増幅され、信仰にも近い感情を持ってしまう人物。

シルバーフェイス。

彼がいてくれたらと思わなかった日はない。聖ビオス教導国と中央連合アインビストとの戦いでも活躍し、その後の「地下の大穴」でも彼はとてつもない力を発揮した。

彼が今どこでなにをしているのかは教会組織のトップである教皇も知らないらしい。

（シルバーフェイス……ヒカルなら、すぐに解決してしまうんだろうか）

ここにいない人を思い続けてもなにも変わらないのだが、それでも思わずにはいられなかった。それほどまでにシルバーフェイスの存在は大きかった。

くすんだ鱗に覆われていた、呪われし「竜人族」であったジルアーテたちの呪いを解くきっかけを作ったのも、シルバーフェイスだったとジルアーテは信じている。その後の南葉島ダンジョンでも彼に出会い、ヒカルという冒険者としての一面もまた知った。

自分がピンチのときに現れてくれる……そんなふうに考えてしまうのはあまりにも都合が良すぎるとジルアーテだってわかっている。この大迷宮の問題は、自分の力で乗り越えなければならないのだ。

ジルアーテは邪悪な山の中腹に口を開けた迷宮の入口に背を向け、遠目に見えるアインビストの陣地を目指して歩き出した。

「！」

そのときふと、背後から風が吹いた――まるでシルバーフェイスがそこに立っていたかのように感じられる、不思議な風だった。

だが、振り返ってもそこには無人のダンジョン入口があるだけだった。

「………………」

ジルアーテはもう二度と振り返らず、陣地を目指して歩いていった。

これが本物の「ルネイアース大迷宮」なのかどうかはわからなかったが、ダンジョン内は広々としており、相当に巨大な規模であることをうかがわせた。

天然の山をくりぬいたという雰囲気の洞窟が続いている。岩肌は剥き出しだったが、明らかに円形を意識した通路になっているので人工的に掘られたものであることは明らかだった。

「………………」

ダンプカーだって通れそうな通路を見上げながら「東方四星」のセリカは考えている。

（どうやって掘ったのかしら。日本のトンネル工事には、巨大なドリルが使われているけど……ドリルを使ったならこんなふうにでこぼこの岩肌にはならない。ま、この世界に巨大ドリルを作れるテクノロジーなんてないんだけどね。大体魔法で解決しちゃうから……)

ふと、セリカは足を止めた。

(魔法、か……。もしこのダンジョン建築を魔法で成し遂げたとしたら？　これだけ巨大なトンネルを掘るには莫大な魔力量が必要になる。たぶん、いくら腕利きの魔法使いでも1日かけて数メートル進めるかどうか……入口からここまで、もう30分は歩いてる。この距離だけでも掘るのに1年近く時間がかかる。まあ、あたしは別格だけどね。……いや、あたし以上に魔力を持っていて、「精霊魔法」が得意な人なんていないだろうし)

自信過剰とも思える考え方だったが、セリカのこの見立ては正しかった。ヒカルが見ることのできる「ソウルボード」上でのセリカの「精霊魔法」スキルレベルは、「火」「風」「土」「水」のすべてにおいて5だった。これらの魔法でひとつでもスキルレベル5を持っているのは、ポーンソニアの王都広しといえど50人にも満たない。ましてや4種すべてとなれば、セリカ以外ひとりもいなかった。

さらには「魔力量」レベルは19であり、突出している。一般的に優れた魔法使いや聖職者であったとしても5から8くらいのレベルなのだから。

セリカは「ソウルボード」を見ることはできなかったが、他の魔法使いのレベル感については冒険者同士の付き合いでよくわかっていた。彼らがヒィヒィ言って使う魔法も、セリカは涼しい顔で何発も撃てたのだ。

（あたしくらいの魔法使いがここを掘ったのかしら？　いや、それでもここまで掘り進めるのに何日もかかるわ。それに、何層もあるのよね……ここは）

足を止めていたセリカに気づいたサーラが振り返る。

「なにしてるの～？」

「あ、ううん、なんでもないわ！　ちょっとした考え事よ！」

セリカがこちらの世界で過ごした時間は1年ほどであり、なかなか大陸共通語をうまく扱えないのでどうしても強い口調になってしまっていた。日本にすこしの間戻っていたこともあってなおさら使いにくい。

「そーお？　それより急ごっ。ちょっと遅れてるし……この先に『入口』があるみたいだから」

「ん、『入口』って!?」

ここの「入口」はついさっき入ってきた場所でしょ、変な石碑もあったし……と思いながらセリカが言うと、

「んーん。風を感じない？　この先に『大空洞』があって、そこがダンジョンの『入口』らしいにゃ～」

「えええ!?」

ここはまだダンジョンの中ですらない。これほどの距離を歩いてきたのに。

いったいこのダンジョンはどれほど広いのか——いったいどうやって掘ったのか——自分以上の魔法使いが関わっていたのか——そう考えたとき、セリカはこのダンジョンが明らかに異質であること、驚異であり脅威であることを心の底から意識したのだった。

大空洞、とサーラは言った。

そうとしか言えない場所だった。

トンネルを抜けると夜の世界に出た……とでも言いたくなるほどに天井は高いらしく、何も見えない。ただ真っ暗な世界がそこには広がっており、前を行く「蒼剣星雲」やソリューズたちの持つ魔導ランプの明かりが頼りなく足元を照らしていた。

だがこの空洞の終わり、向こう側の壁がどこにあるかははっきりとわかった。なぜならば壁面に、でかでかと書かれていたのだ——「1」という数字が。

魔術が発しているのだろう、安定した青白い光。

はっきりと見えた「1」の数字は、歩いていくと徐々に大きくなってくる——距離感がまったくつかめず、だんだんと、際限なく大きくなる「1」に恐怖すら覚えていると、やがて壁にたどり着いた。首が痛くなるほど見上げなければ、真下からは全貌を見ることができない巨大な「1」がそこにあった。

「ここから入れということのようだな、ソリューズ」

「蒼剣星雲」のマリウスがソリューズに話しかけている。

見ると、「1」の真下には先ほどまで通ってきたトンネルの半分ほどのサイズの通路が口を開けていた。ああ、まともなダンジョンのサイズになったな、とセリカは思わずホッとしていた。

「……途中に戦闘の形跡はありませんでしたね」

「ああ、取りこぼしもない。一本道だったからだろうが……ここからはわからんぞ」

ソリューズとマリウスが話している。

「マッピングはだいぶ雑だな。やっぱりあの獣人に来てもらったほうがよかったか……」

「最後の定期報告に戻ってきた彼ですか？　ダンジョンにまた連れ出せるほどには回復していませんでしたからね」

「彼らは『ニオイ』をたどればいいと言っていたが、我々はそうもいかん」

「マリウスさんのパーティーにいる獣人の方はなんと？」

「……『試してみるがアテにはするな』と言っていたな。結局のところ、獣人が書いたこの雑なマップを元に進むしかあるまい」

マリウスはひらりと紙を見せた。

先行しているはずのゲルハルトたちは、ある程度ちゃんとマッピングをしているはずだが、もともと獣人はそういう細かい作業が苦手であること、定期報告のために戻らせる獣人には必要最低限のマップだけ書き写して渡していることから、第1層から第6層までの簡単な――マリウスに言わせると「雑な」――マップを受け取ってはいるものの、信用できるかどうかは怪しいとマリウスは思っているようだった。

それもそうだ。石碑からこの大空洞までも省略しているようなマップなのだから。

「リーダー。さっさと行こうぜ。これ以上検討したところでやることは変わらねえだろ」

「ああ」

呼びに来た「蒼剣星雲」のメンバーにマリウスはうなずくと、

「では我らは先行する。ペースはそちらの好きなように」

「ありがとうございます」

マリウスたちは迷いなく「1」の下にある通路へと入っていった。

「…………」

「ソリューズ！」

「わ、びっくりした。なんだい、セリカ」

背後から声を掛けられたソリューズだったが、特にびっくりしたふうもなかった。

「前から気になっていたのだけど、あのマリウスって男とどういう関係なの!?」

「どういう、って……同じ王都の冒険者仲間じゃないか」

「なんだかそんなふうには感じないのよ！　他のパーティーとの付き合いもあるけど……そうね！　マリウスのほうがソリューズに気を遣っているように感じられるわ！」

「……私は彼よりもずっと若いから、気にかけてくれているのかもしれないね」

どこかはぐらかすようにソリューズは言った。

気にかけているのはそうなのだろうが、セリカが知りたかったのはなぜマリウスがそこまでソリューズを気にしているのかということだ。他のパーティーリーダーよりも、マリウスとの距離が近い気がする。

もちろん「キンガウルフ」のキンガみたいなリーダーとは距離を置いているが、ソリューズはそれなりに各パーティーのリーダーと交流を持っている。だから不思議ではないだろうと言われればそうかもしれないが——なんとなくセリカは、マリウスとソリューズが以前からの知り合いのような気がしていたのだ。そしてソリューズはそれを隠したがっている。

（いつか教えてくれるのかね、ソリューズは）

マリウスはソリューズより一回り以上は年上だから、恋人関係とかそういうことはあり得ないだろう。そもそも、「東方四星」にセリカが加入してからソリューズが誰かと恋仲になったこともなかったし、それ以前にもなかったとシュフィから聞いている。

シュフィは聖職者の家に生まれたので、物心ついたときから聖職者としての修練を始めていた。サーラはふらふらと根無し草で生きていたが、幸いというべきか悪の道を歩むことはなく冒険者として生きてきた。

なんとなくこのふたりの過去は聞いたことがあったのだけれど、ソリューズは過去を語りたがらなかった。

最初にソリューズが冒険者として活動を始めて、シュフィと知り合い、次にサーラと出会ったはずだ。シュフィの所属は教会なので、あくまでも「借り物」という形だが。

セリカが出会ったときには、ソリューズはすでに貴族のような優雅な立ち居振る舞いを身につけていた。出自が貴族かといえばそうではないようだ。もしソリューズが元貴族で、なんらかの事情で貴族の地位から転落したのであれば、もっと目立たずに行動しそうなものだけれど、彼女は常に堂々としている。

「……謎多き女ね！」

セリカが言うと、ソリューズはフッと笑った。

「謎があると信用できないかい？」

「そんなことはないわ！　アンタになら命を預けられるもの！」

直球の物言いに、ソリューズは目を瞬(しばた)かせた。

「それは……光栄だね。他の誰より、セリカにそう言ってもらえるとうれしいよ」

「サーラやシュフィも同じ気持ちのはずよ！」

近くにいたそのふたりが、何事かとこちらを見る。

「……わかっているさ。ありがとう、君たちの信頼には応え続けたいな」

ソリューズは言うと、

「さあ、私たちも行こうか。任務は果たさねばね」

「そうよ！　さっさと終わらせましょ！　それで――」

それで、もう一度みんなで日本に行こうとセリカは続けかけて、そう言えば「世界を渡る術」を実行するには問題があったのだと思い出した。

「……はぁぁぁぁぁ、もう！　厄介ごとばっかりね！」

セリカの声は大空洞にこだましたのだった。

◇

突如として現れた邪悪な山が、美しく磨かれたガラスの向こうに見えている。

聖都アギアポールの中心部にある「塔」――見た目は城ながら、聖職者が武力や富を所有することは好ましくないので「塔」と呼ばれていた――の一室。

がらんと広く、装飾品がまったくない素っ気ない部屋ではあったが、ドンッと置かれた巨大なテーブルは主張が強かった。これほどのテーブルを作るとなるとかなりの金額を投じなければならないだろうという代物だ。

今、そのテーブルには大量の資料が散乱し、聖職者たちが集まって会議をしていた。

「現時点では街道は自由に往来できておりますが、モンスターの危険性については早めに商人たちに通知したほうがいいのではありませんか」

「それをやると値をつり上げる者が現れましょう。ただでさえ、アインビスト軍の影響で物価の高騰が激しい」

「我らの備蓄も余裕があるとは言えませんな……今は少しずつ買い集めておりますが」

「徴収した金品が潤沢であることが不幸中の幸いですね。これを使えば物価が高騰しても市民に還元できましょう」

「その金品とて無限にあるわけではない……いずれにせよ、この街道封鎖の問題は近々公表せねばなりませんぞ」

きまじめな顔の者ばかりが集まっていた。

彼らはつい先日までは、腐敗した大司祭や司祭たちによって閑職に追いやられていた、謹厳実直、真面目一直線の聖職者たちだ。「徴収」とは、その腐敗が明るみになり処罰が下った者の財産を召し上げたという意味だった。

処罰——多くの者が処刑され、血が流れた。

それを実行したのはこの会議を聞いている教皇ルヴァインだった。「呪蝕ノ秘毒」の災禍は先代教皇の指示によってもたらされ、結果として中央連合アインビストが聖ビオス教導国へ攻め込んでくるという結果につながり、さらにはポーンソニア王国とクインブランド皇国から多額の賠償金が請求されているという状況だった。処断された者たちが貯め込んでいた資産はすべて徴収され、かなりの量であるのに各国への支払いと、物価高騰を押さえ込むのにすべて使い切りそうで、しかも足りなそうですらあった。

「——よいですか」

ルヴァインが声を発すると、側仕え（そばづか）が「聖下のご発言である」と声を上げた。途端に会議室はしんと静まり返る。

いまだに——ルヴァインはこういう「特別扱い」に慣れない。背筋がむずがゆいだけでなく、吐き気までする。

きっと先代教皇や彼の周囲にいた大司祭たちはこの「特別扱い」に慣れ、当然のこととして受け入れていたのだろう。それが高じるとあたかも自分自身が特別な存在であるかのように感じられ、一般市民は下等であり取るに足らないものだと思ってしまうのではないか。その感覚こそが「呪蝕ノ秘毒」なんていう残忍な毒を使うことを決断させた主要因なのではないか……。

折に触れてルヴァインはそう考えるようになった。

ここにいる者たちは、みんな、痩せている。つましい暮らしをして、かつての「聖人」

が行ったような慈善活動をずっとしてきたのだから当然だろう。だが、今は地位も上がって全員が司祭以上となっている。聖都アギアポールの司祭はこの巨大都市の運営に一枚も二枚も噛むことができるし、トップである教皇ルヴァインと話ができる立場ともなれば、多くの商人がすり寄ってくる。

（この中にもやがて、「特別扱い」に慣れてしまう者が出てくるかもしれません）

自分はまだ吐き気を感じているくらいだ。自分は正常なのだとルヴァインは思った。

「主要な議論はある程度出尽くしたと感じています。よって、私の責任において次のことを決定します。ひとつ、聖都アギアポールの運営に関して、その予算配分を——」

ルヴァインがこの会議で決めなければならなかった議題について次々に決断を下していくと、聖職者たちはまるで神託が下ったかのように頭を垂れて言葉を聞いていた。

（いつまでこの者たちが、ほんとうの意味で聖職者としていられるのか。あるいは、すでに商人と癒着を始めている者もいるかもしれません。面従腹背している輩が……）

ルヴァインが心から信じている人間はほんとうに少なく、片手で数えられるはどだった。中央連合盟主のゲルハルトのように、勢力としては敵対しているが、利害関係にあるがゆえに交渉できる相手のほうが信用できるというような状況である。

（私は……なぜこんなにも疑心暗鬼なのか……）

答えは知れている。

先代教皇は「呪蝕ノ秘毒」によって死んだ。それはマッドサイエンティストのランナによって改良されたもので、既存の薬は効かなかった。

教皇に毒を与えたのはシルバーフェイスだが、シルバーフェイスは一方的に殺すつもりでそんなことをしたのではなかった。シルバーフェイスはルヴァインにも力を与えていたのだ——改良版「呪蝕ノ秘毒」を治癒できる「回復魔法」スキルを。「ソウルボード」はルヴァインの知らないことだったが、ルヴァインはシルバーフェイスによって改良版「呪蝕ノ秘毒」の治療法を教わり、実践し、自分が治癒できることを知っていた。

目の前で苦しんでいた先代教皇を、ルヴァインはなにもせずに看取った。

先代教皇は最期の最期までルヴァインが自分を治療するために全力を尽くしてくれたと信じていただろう。

結局のところ、面従腹背の権化が自分自身だとルヴァインはわかっているのだ。

「——以上となります。この難局を乗り切るために皆さんが全力を尽くしてくださることを期待しています」

ルヴァインがそう言って締めくくると、はい、と大きな返事が返ってきた。全員がやるべきことを知り、興奮した足取りで出て行くのをルヴァインは見送った。

「…………」

その目は、勤勉に働く部下を温かく見守る上司のそれではまったくなく、金貨を盗んだ犯人を捜すそれとなっていた。

教会のトップとして決めなければならないことは山積し、処理しなければならない書類も山積し、知っておかなければならない分析も山積している。先代教皇はこれらの責務を分担し――分担、と言えば聞こえがいいが、言うなればぶん投げてしまい――自身の仕事を減らしていた。

だがルヴァインは自分でなんでもやっていた。信じられる者がいない、という理由がいちばん大きい。

このままでは早晩崩壊する――仕事の進め方も、自身の精神（こころ）も。

（頭の冷静な部分はそれを理解しているのに……）

自分にここまでの人間くさい部分、人として脆（もろ）い部分があるのだとは思わなかった。

「せめて大迷宮の問題が解決してくれれば楽になるのですが」

それはただの独り言だった。

テーブルに載せられてルヴァインの手に触れていたのは「ルネイアース大迷宮」に関する報告書だった。

ゲルハルトと連絡が取れなくなったこと。

ポーンソニア王国から冒険者パーティーが送られてきたこと――その陰には、ルヴァインが信用できる数少ない聖職者であるリオニーの奮闘があったこと。

だが冒険者パーティーを送り込んだところで、ダンジョンの問題が解決するかどうかは不明であること。

「……こういうときに彼はいないんですね」

ルヴァインが折に触れて思い返すのは、銀の仮面を着けた謎の人物だ。

不思議なことに彼とは利害関係はなく、氏素性もわからない。だというのに信用してしまう。

そんなふたりの関係を説明するなら、ルヴァインはこう言うだろう――「共犯者」と。

ふー、とイスの背に身体をもたせながらルヴァインは長々と息を吐いた。良くない傾向だと思ったのだ。なんでもかんでもシルバーフェイスに頼ってしまいそうになる自分は、ほんとうに良くない。これでは教会組織を束ねていくことなどできはしない。

（ですが、それでも――）

ルヴァインは大司祭であったころから「自分」をまったく出さず教会のために身を粉にして働いていた。「仕事人間」という言葉では表現できないほどで、細胞のひとつひとつまで教会に捧げてしまっていた。

そんなルヴァイン自身も驚いたことには、身体の奥深くに「自分」が眠っていて、その「自分」はシルバーフェイスの登場を願っていることだった。

（――彼のことを考えている間は、あらゆるつまらない束縛から自由になれる……）

それはつかの間の安らぎかもしれなかった。数分後には側近のひとりがやってきて、ルヴァインを次の予定へとせき立てるのだから。そのときにはルヴァインは、いつもどおりのきまじめながら優しさを感じさせる、聖職者たちが思い描く理想の教皇然とした顔になっているはずだった。

ソリューズの疑問には、ゲルハルトの先遣隊に所属していた獣人兵からすでに回答をもらっていた。

ダンジョン出現から今まで、およそ20日ほどが経っているがなぜ第6層にまでしか到達していないのか？

答えは、敵が多すぎること。

まずダンジョンに入る前に山にあふれていたモンスターを掃討する必要があり、それには聖ビオス教導国の神殿兵も投入された。テンプル騎士団と所属の違う彼らは教皇ルヴァインに忠誠を誓っている部隊だったが、戦力的には力不足で、この戦いで結構な被害を出したためにダンジョン内にまでは手が回らなくなった。

それほどの激戦があった――と思わせる痕跡はあまりにもなかった。

なぜかと言えば獣人兵は肉弾戦を好み、聖職者の聖属性魔法は地形を破壊するような類のものではなかったからだ。

さらには——これがいちばん重要なのだが——悪魔系モンスターは、倒すと黒いチリとなって空気中に消えてしまうのだった。後に残るのは黒い魔力結晶で、これには「邪」の魔力が溜(た)まっている。

これらすべては、聖都の地下にあった大穴、そこに巣くっていたモンスターの特徴と完全に一致していた。魔力結晶は危険物質なのでビオスが回収し、保管しているという。

(盟主ゲルハルトの実力を考えれば、第6層よりももっと進んでいそうだけれど、山での激戦を経て、その後にダンジョンへ挑戦したことを考えれば妥当な進捗(しんちょく)か)

ソリューズはそう考えていたのだが、第6層までしか到達していないのにはもうひとつ理由があった。

大迷宮の内部は、広すぎるのだ。

「雑な」地図によるものとは言え、第2層へのルートがわかっているソリューズたちですら、第2層到着まで4時間が必要だった。しかもこの間、モンスターとの戦闘はない。「蒼剣星雲」のマリウスと相談して、この調子で行けるのなら今日中に第3層を超えて第4層を目指そうということになった。

通路と通路をつなぐ大きな部屋には無造作に黒い結晶が積まれており、それらこそがゲルハルトたちの戦った痕跡だった。

他には彼らが置いていったらしい食事の残りやゴミがあることはあったが、痕跡といえるのはそれくらいだった。

(第4層にたどり着くころには深夜だな)

深夜の行動はよくない。明るさが一定のダンジョンにおいて、時間感覚がなくなるのはリスクだった。「気がつけば集中力が途切れていた」「いきなり疲労で歩けなくなった」と語る冒険者は多く、それらこそが時間感覚がなくなって長時間行動をした結果、起きることなのだ。

ソリューズたち「東方四星」はもちろん、駆け出しの冒険者でもざっくりと時間を計れる道具を持ってダンジョンに入るくらいだ。

リスクだとわかっていても深夜まで行動しようというのは、ひとえにゲルハルト救出を考えてのことだった。

第6層で激戦となったゲルハルトだが、その報告があってからすでに5日が経っている。今日を過ぎれば6日だ。1日でも早い到着が彼らの命運を左右する。

(ここに来たのが「蒼剣星雲」で良かった)

変わった縁とは言え、副盟主のジルアーテと知り合いであるソリューズとは違い、ポーンソニア王国から派遣されてきた冒険者にとって、中央連合の盟主が死のうが生きようが、大迷宮が氾濫して聖都が危機に陥ろうがなんだろうが、どうでもいいことではあった。彼らの活動の中心地はポーンソニア王国だし、今回のことで王国はなんら影響を受けていない。実際、「キンガウルフ」などは、このダンジョンで報酬を得て自分たちの名を上げることにしか興味がない。

その点、マリウスは違う。性格は真面目で、冒険者ギルドの要請に応えようとする。「蒼剣星雲」は実力者ぞろいではあるがカリスマ性に欠けるところがあり、そんな彼らでもランクAになれたのはリーダーであるマリウスの実直な性格が影響している。

マリウスは現場で指揮を執っていたジルアーテの話を聞き、彼女が本心ではゲルハルトの救出をもっとも望んでいるとわかると、迷わず第6層への最短ルートを選んだ。「キンガウルフ」など後続の冒険者パーティーは、第1層の未探索エリアをチェックしてくるはずだ。というのも、モンスターはあらかたゲルハルトたちが倒した後であり、未探索エリアには手つかずの財宝がある可能性が高いからだ。

(……まあ、マリウスさんのパーティーメンバーは不満そうではあるけど)

様子をうかがっていると、ため息交じりに行動したり、未探索の通路を物欲しげに眺めているメンバーもいた。

それでも表立ってマリウスにたてつかないのは、マリウスがちゃんとパーティーを握っているからともいえる。なんだかんだいってもマリウスに従っておけば美味しい思いができき、死ぬこともなくやっていけるのだろう。

「……どうしたのですか、ソリューズ？」

歩きながら考え事をしていたソリューズに、横からシュフィがたずねる。

「『蒼剣星雲』についてちょっと考えていただけよ」

「そうですか？　それはそうと……第3層に入ってから空気が変わりました。気をつけたほうがいいですわ」

「……なるほど、気をつけるよ」

シュフィの言葉に、ソリューズは一気に警戒レベルを高める。

索敵についてはサーラの役割ではあったが、このダンジョンのモンスターは邪気を放っている。邪気を察知するのはシュフィのほうが上手だろう。

事実、その直後、サーラが足を止めた。

「……聞こえる！　前方で戦闘音！」

「『蒼剣星雲』が戦っているの？」

「たぶん！」

「急ごう」

2パーティーの間には数十メートルの距離が空いていたが、そのような距離はあってないようなものだ。通路を抜けた広い部屋で、「蒼剣星雲」はモンスターと戦っていた。

このダンジョンに入って初めての戦闘だ――ソリューズとしては十分に気持ちの準備ができていた――のだが。

「ッ!?」

部屋に入った途端、自分に押し寄せてきた禍々しい気配――邪気に、思わず頭がくらりとした。胸の奥がむかむかして止まらない。一般人であれば膝をついて嘔吐するであろう空気だ。

「『天にましますわれらが神よ、その御力をもって禍々しき邪なる気を祓いたまえ』」

即座にシュフィが聖属性の魔法を使用する。彼女の身体が黄金色に輝き、ソリューズたちに金色の粉のようなものがまとわりついた。簡単なものではあったが効果は抜群だ。邪気が近寄らなくなり、ソリューズの頭が明晰になる。

「これは見たことがない魔法だね」

「――あの『大穴』での戦い以降、邪気について考えていたんです。そうしてポーラさんと協力して教会の書庫で見つけた魔法ですわ」

「ありがとう、シュフィ。行くぞサーラ、セリカ」

「んにゃ〜」

「わかったわ！」

シュフィを後ろに、3人がその部屋へと入っていくと、「蒼剣星雲」が激闘を繰り広げていた。

「！」

その光景を見て思わずソリューズは足を止めてしまう。

敵は、小柄ながら明らかに竜種の姿をしていた。漆黒の鱗(うろこ)がぬらぬらと輝き、太い胴体にはちょこんとお飾りのような翼がふたつ。

首が二叉(ふたまた)に分かれており、それらが伸びては「蒼剣星雲」の前衛を襲っていた。

小柄といっても、以前ソリューズが戦ったホワイトドラゴンよりは小さいというくらいで、身の丈は5メートルはあり、前衛を務める大盾を持ったふたりが見上げるようにして攻撃を食い止めている。

「息吹(ブレス)が来るぞッ」

黒い竜の口ががばりと開いた後、カチッ、と火花のようなものが見えた。直後に黒い炎が吹き下ろされ、盾のふたりがそれを食い止める。ひとりは大柄なヒト種族で、もうひとりは体毛こそ薄いが獣人とヒト種族のハーフのようだ。

「詠唱そろそろ終わるぞ！」

「敵の視線を逸(そ)らせ！」

大きく左に走った弓手が強烈な矢を放つと竜はそちらに視線を向けた。

その直後、最後方で呪文を詠唱していた魔法使いのふたりが杖(つえ)を掲げた。その動きは完壁にシンクロしており、顔の形も同じふたりは双子だった。

「『ロックブリザード』」

これまた完璧に一致した声で放たれた魔法が生み出したのは、白く、きらきらとした塊（かたまり）だった。それは投石器で放たれたように飛来して、片方が竜の顔に、もう片方が竜の首の根元に着弾するや、見る間に凍らせていく。

高難度の水属性、氷結魔法だった。

凍結部分はどんどん拡大しており、竜の動きが一気に鈍くなる。

「マリウス！」

「おう」

マリウスは盾役（タンク）のふたりの間をすり抜けて竜までの距離を詰めており、背負った剣に手を掛けていた。

その、美しいこしらえの鞘（さや）に埋められた魔石が、光を放った。耳を寄せれば「カチッ」とスイッチが入ったような音が聞こえただろう。抜き放たれた刀身には燃えるような青い光がまとわりついており、

「うおおおおおっ」

マリウスが剣をナナメ上段から振り切ると、ブンッ、という音とともに切っ先から青い光が伸びた。そしてその光が竜の身体を真っ二つに切り裂いた――。

上体がずるりとずれると、そこから黒いチリが噴き出す。

噴き出したチリが気流によって不可思議な動きをする。

『オオォォオオォォォォ……』

竜は、人の恐怖本能をかき立てるような叫び声を残してすべてチリとなって消えた。

「お～。すごいにゃ～～」

加勢をするまでもなく竜を倒しきってしまった彼らの戦いを見て、サーラが素直な賛辞を口にする。

「『蒼剣星雲』が戦ってるとこって初めて見たんだけど、あの剣って特別なものなんだよね？　ソリューズは知ってたのぉ？」

「ええ、もちろん。あれは魔剣『蒼の閃光（ブルーフラッシュ）』。鞘に精霊魔法石や魔石をはめ込み、魔力をチャージすることができるの」

「ソリューズの使ってた『太陽剣白羽（ホワイトレイブレード）』みたいなものかにゃ？」

「それに近いけど、自分で魔力を込める必要がなく、魔石さえあれば何度でも使えるという点でデタラメな性能だよね」

「ひゃ～～」

ソリューズは教会から貸与され、「魔力を通せば斬れないものはない」とまで言われた魔剣「太陽剣白羽」を使っていたが、「大穴」でマッドサイエンティストのランナと戦ったときに折られてしまった。

今回のダンジョン攻略では当然ソリューズも剣を持ってきているが、ポーンソニア王都の老舗鍛冶店で購入したそれは金貨を数百枚積まなければ買えない名剣ではあるものの、「太陽剣白羽」と比べればただの鉄剣だ。

切れ味だけ見れば「蒼の閃光」よりも「太陽剣白羽」が勝るが、使い勝手で言えば「蒼の閃光」が上だろう。その魔剣は、マリウスが過去にダンジョンで見つけたものだった。

そして「蒼の閃光」こそが「蒼剣星雲」というパーティー名につながった。

「蒼剣星雲」はマリウスがいてこそ、「蒼の閃光」あってこそのパーティーだ。

「――おお、ソリューズも来ていたのか」

その広い部屋にいた「東方四星」に気がついたマリウスが言った。

「初戦から大物でしたね」

「まあな」

「お見事です。マリウスさんの剣も、パーティーの練度も相変わらず高い」

「イヴルドラゴンの想定はできていたからな」

さらりとマリウスは今戦った竜の名前を口にした。

「イヴルドラゴン……？」

「ん？　ああ。多頭の場合もあるから苦戦も覚悟していたが、首がふたつ程度ならばたいしたことはないな」

「いえ……その、獣人兵からの聴き取りでは竜種の話はありませんでしたよね」

ゲルハルトの先行部隊に所属し、定時報告で戻ってきていた獣人兵への聴き取りにはマリウス、ソリューズ、それに「キンガウルフ」の冴えない男性メンバーが参加していた。獣人兵は「大穴」にもいたモラクスやランプデーモン、デッドハンドに吸血コウモリといったモンスターや、いくつかの悪魔系モンスターの名前を挙げたが、竜種についてはなにも言っていなかった。

「——これだけの大規模ダンジョンで、悪魔系モンスターが出現しているのですから、イヴルドラゴンが出る可能性は十分推測できましたわ」

すると、「蒼剣星雲」に所属している聖職者の女性が言った。

20代半ばというところだろうか、ほっそりとした体つきで、この世界では珍しい金縁の眼鏡を掛けていた。

珍しい、というのは混じりけの少ないガラスの製作と、正確な凹凸のレンズを研磨する技術がこの世界では希少だという理由からだ。もちろん、あるところにはある。それこそ大金を積めば購入が可能だ。

「その可能性を検討しなかったのですか、シュフィ＝ブルームフィールドさん」

キッ、とにらんだ先にいたのは同じ聖職者の服を着ているシュフィだった——いや、

「同じ」というのは少々違うかもしれない。シュフィが着ているのはよく洗われて清潔ではあったが少々色あせたものであり、金縁眼鏡の彼女が着ているものはほぼ新品と言っていいだろう。

「それに着ているものはなんですか。いくらここがダンジョンであるとはいえ、花の聖都は目と鼻の先にあるのですよ。私たちのように教会から外の世界に行くことを許された者が、美しい身なりをしないでどうするのですか」

「……イヴルドラゴンの可能性は確かに見落としです。その点で準備不足でした」

明らかな敵意を向けられたシュフィは、静かに答えた。

「そうでしょう。ではすぐに聖都に戻って新しい修道服を手に入れてくることですわ。そうすれば多少はマシな見た目に――」

「聖人ルザルカはありがたくもこうおっしゃいました。『衣服とは風雪さえしのげればよく、余剰の富は喜捨(きしゃ)すべき』と。新しい修道服を手に入れるのでしたら、そのお金で、迷い困窮する者に施しを行うべきですわ」

「ハッ。『ルザルカ原理主義者』の考えそうなことですわね。お金というものは使わなければ移動しないのです。修道服を買えば、縫う者と機(はた)を織る者に給金が支払われます」

「――止(よ)しなさい、リーザ」

話がややこしい方向に行こうとしたのを止めたのはマリウスだった。だが金縁眼鏡の彼

女――リーザは、ムッとした顔をマリウスに向けてから、

「……中央司祭の考えなど、あなたにはわからないでしょうね」

とシュフィに言い捨てて去っていった。

「やれやれ……。騒がせてすまなかったね。ソリューズ、うちの検討資料なら後で見せてやれるが」

「いえ……結構です。私たちは4人ですが、それなりに準備はしてきたつもりです」

「わかった。では先行する」

マリウスは「蒼剣星雲」のメンバーに声を掛けるとダンジョンを先に進んだ。

「……あの感じ悪い女はなんなの!?」

声を上げたのはセリカだった。

「セリカにしては珍しく黙ってたにゃ～～。ああいうときには必ず食ってかかるのに」

「こっちの言葉をしばらく使ってなかったし、ややこしい話をされるとついていけないのよ！　ただ感じが悪いことだけはわかったわ。あたしが口を挟んでなにか言い返されたらもっと腹が立ちそうでそれで黙ってたのよ!!」

「……思っていた以上にたいした理由じゃなかったにゃ～」

サーラが呆(あき)れている。

「それはそうと、シュフィ、君らしくもないな。イヴルドラゴンの可能性を考えていなか

ったのかい？」

ソリューズがそう聞いたのは、昨晩遅くまで「東方四星」の4人もダンジョンのモンスターについての議論を交わしていたからだった。

事前情報がほとんどないので、獣人兵が直接目撃したモンスターの対応はもちろん、それ以外のモンスターについても考えておく必要がある。

悪魔系モンスターについてはシュフィの知識が多かった。そのシュフィは昨晩、イヴルドラゴンの話をしなかった。もし彼女の読みが外れたのだとすると、それは今までのシュフィからすると「らしくない」とソリューズには思えた。

「東方四星」のようなランクBパーティーのメンバーが4人だけというのはとても珍しい。駆け出しのパーティーであったり、ヒカルたちのように特に「上」を目指していないパーティーならばわかるが、ランクBに到達するようなパーティーは大人数が一般的だ。

ランクが上がれば上がるほど、冒険者ギルドからは難しい依頼がくる。難度の高いモンスター討伐に、危険性の高い護衛任務、さらわれた人質を救出するための極秘潜入ミッション……。

これらをこなしていくためには専門性の高いスキルを持ったメンバーが必要になるし、専門性を高めれば高めるほどつぶしが利かなくなるのがふつうなので、パーティーメンバーは増えることになる。

では「東方四星」がどうやってその問題を解決しているのかというと、4人がそれぞれの役割においてエキスパートであることはもちろん、お互いの役割をしっかり理解して、お互いの役割をカバーできるようになっていることが大きい。

たとえば前衛はソリューズが務めるが、いざというときはサーラもカバーできるし、セリカの魔法で一時的な時間を稼ぐこともできる。

さらに、サーラの偵察もセリカの魔法でカバーできることもあり、実を言うとソリューズもある程度の忍び足はできる。

4人は自分のできること、できないことをはっきりと伝え合っているし、それによって強固なチームワークを作っている。

この信頼関係と、それがもたらす驚くべきカバー能力こそがたった4人でランクBにまでなった要因であり、裏を返すとなかなかメンバーを増やすことができない原因ともなっていた。

以前、半分冗談、半分本気でヒカルを「東方四星」に誘ったことがあったが、「世界を渡る術」ほどの秘密を共有している間柄だったら信頼関係が「すでにある」ということになる。ソリューズは自分ほどの実力者でなくとも、深く信頼できる相手ならばパーティーに入れてもいいと思っていた。それだけ、信頼できる者が少ないのだ。

それはともかく、「東方四星」のお互いの能力のうち、どうしてもカバーし合えないことがある。それがソリューズの「太陽剣白羽（ホワイトレイブレード）」であり、サーラの解錠能力であり、セリカの精霊魔法であり、そしてシュフィの聖属性魔法と悪魔に関する知識だった。

たった4人でこれまでやってきた「東方四星」だが、シュフィのモンスターへの読みは外れたことがなかった。これを外してしまうと致死率がぐんと上がってしまうので、かなり慎重な読みをしてきたのだ。

その点でソリューズはシュフィに絶大な信頼を置いていたと言える。

「……イヴルドラゴンについては多くの意見が交わされていて、定説がないのです。そして私の目には、先ほどのモンスターはイヴルドラゴンではなかったように見えました」

「イヴルドラゴンではなかった……？」

こくりとうなずくシュフィを、質問をしたソリューズだけでなくサーラもセリカも見つめている。

「もともとドラゴンという名を持つモンスターは、その形状が竜であるという以外に特別な意味合いはないのです。群れを作らず、個体で行動するので一体ずつが別々の行動パターンを持っています」

「私たちがメンエルカで戦ったホワイトドラゴンも、だね？」

ヒカルやラヴィアも向かったメンエルカはポーラのふるさとだ。そこで「東方四星」は村を守るためにダンジョンから飛び出してきたホワイトドラゴンと戦った。

「正確にはすこし違います。ダンジョンにいるドラゴンは、『本物のドラゴンを模したなにか』です。わたくしが申し上げたいのは、イヴルドラゴンという存在がもしいたとして、このダンジョンにいるイヴルドラゴンは……倒すと黒いチリになって消えるイヴルドラゴンは、本物のイヴルドラゴンではなく『そうあってほしい』と作り手が望んだ姿でしかないのです」

「難しい言い方をするね。以前『大穴』で戦ったモラクスみたいな悪魔系モンスターも、同じく模造品だということかな」

「いえ……ここが厄介なところなのですが、悪魔系モンスターは討伐するとああしてチリになって消えます。それは悪魔系モンスターとして『正しい』姿なのです。模造品ではありません」

「ん？　さっきのイヴルドラゴンはどうなるんだい？　チリになって消えた、悪魔系モンスターということにならない？」

「ドラゴンはあくまでも実体を伴った竜種です。消えたりはしません。イヴルドラゴンと呼ばれるモンスターは竜種が邪気に染まったものとされており、こちらももちろん討伐後に消えたりはしません。邪気に染まった竜を個別の種のように扱うのは正しいのかどうか、議論が分かれていますが——それはさておいても、今回のようにチリになって消えた以上はドラゴンではないのです。そのため、悪魔系モンスターの巣窟であるここにイヴルドラゴンはいないだろうとわたくしは判断していました」

「むむむ。ではさっきのドラゴンっぽいなにかはなんなんだい？」

「おそらく、ですが……」

シュフィは言った。

「……悪魔が造り出した、使い魔のようなものでしょう」

反応したのはセリカだった。

「あり得ないわ！　あれほどの使い魔を生み出すなんて、本体はどれくらい魔力を持っているのよ!?」

「そのとおりです。ですから、明らかな想定外だったのです。先ほどのリーザさんはそこまで見越していたというより……」

先を言いにくそうにしていたシュフィだったが、

「悪魔系モンスターだから、邪悪なモンスターであるイヴルドラゴンもいると、雑に読んでいたということかな？」

「……ええと、はい、そうかもしれません」

ソリューズがその先を言ってしまい、シュフィも同意せざるを得なかった。

「それはそうと、リーザさんという方はシュフィを敵視しているようだったけれど」

「教会にもいろいろあるので。さあ、行きましょう」

にこりと、穏やかな笑顔でシュフィは流してしまった。

教会の内部で起きている派閥争いについてはソリューズとて知っている。「東方四星」というパーティーリーダーとして貴族とも顔を合わせることがあるのはソリューズなのだ。そういう場所で教会の話題が出ることはよくある。

先ほどのリーザが、聖都アギアポールで権勢を振るっている司祭――彼らは自身を「中央司祭」だと名乗り、聖都以外の司祭を「地方司祭」と言って区別した――の娘であり、ことあるごとに冒険者パーティーに貸し出されていることに不満を漏らすこともソリューズは知っていた。さらには、リーザにとって幸運だったことには、教皇の代替わりによって教会内部の勢力争いが激変した結果、リーザの親は追放されたのだが、冒険者と行動をともにしていたリーザはお咎めがなかった。

シュフィはそういう教会内の争いがあることを当然わかっているが、ソリューズたちに愚痴ったりすることはなかった。聖人の教えを信じ、清貧を地でいくことこそがシュフィの望みだからだ。

「それで、とんでもない敵がいるかもしれないんだけど、どうするのよソリューズ！」

シュフィが先を言ってしまったが、先ほどの会話が不完全燃焼だったのかセリカがたずねると、

「ん？　さっき程度のドラゴンもどきなら私たちでも倒せるでしょう？」

「違うわよ！　あれを使い魔にしているような巨大な存在よ！」

　するとソリューズはにこりと微笑（ほほえ）んだ。さっきのシュフィの穏やかな笑みとまったく同じだ。

「幸い、それほどの存在ならシュフィが邪気を真っ先に察知できるから……もしそんなものがいたとしたら、さっさと逃げよう」

　長い長い階段をひたすら上った。

　ヒカルが選んだのは上りの階段——つまり地上に戻る道だ。

「一体、どんだけ、深いんだよッ……！」

　汗をじっとりとかく。ダンジョン内は一定の気温だというのにずっと続く階段のせいで息が苦しかった。悪いことには、日本は真冬だったので冬服を着ていることだ——仮面は着けているけれど。荷物は堂山邸に置いてきたので手ぶらで、武器もない。

　とはいえヒカルは楽観的だった。武器はないが「隠密（おんみつ）」がある。トラップがあったとしても「魔力探知」でほとんど看破できるし、魔術をまったく使わない物理型のトラップは「直感」ががんばってくれるはずだった。

問題は食料だろう。このまま地上にたどり着いたとしても、大陸のどこに出るのか？

「だけど、それは、出たとこ勝負だッ……！」

まずはダンジョンを出てから考えようとヒカルが思ったとき、階段の上に明かりが見えてきた。

「外だ……！」

大喜びで最後の30段ほどを駆け上がっていく。すると、

「おおお」

目の前には草原が広がり、なだらかな丘陵があり、空には太陽が——。

「……え？」

太陽が、なんだかおかしい。直視しても目を刺すような感覚がないのだ。

「え……？」

ヒカルは「魔力探知」で周囲を探ってみて——気がついた。

通路を抜けた左右にかすかに魔力を帯びた壁が広がっている。ハッとして草を踏み、数メートル前に出てから振り返ると——そこには、鏡面のように空と草原を映し出す一面の壁があった。

「まさか……まさかここって、ダンジョンの中なのか……!?」

象徴するかのように、通路の上には「36」という文字が光っているのだった。

ヒカルはそれから周囲の探索に1時間ほど費やし、また「36」という数字の下に戻ってきた。

「おいおい。これは相当厄介だぞ……」

わかったことがいくつかある。

まず足元の草は本物だった。土があって、そこに根を生やして、生きている草だ。

丘陵の向こうにはずっと草原が広がっており、大きめの茂みが点在していた。どうやら小動物もいるらしく、大きな池には魚も泳いでいた。

問題は空だ。青い空が広がっていて、雲のようなものもあるが、太陽らしきものも含めてどうやらそれらはニセモノらしい。

「ダンジョン内部に自然を再現しているんだ……」

この「36」という部屋全体を使って自然を再現している。正直なところ果てがどこまであるのかわからない。ヒカルの「魔力探知」の範囲どころか、目に見えるずっと先まで草原が広がっているのだから広さはうかがい知れなかった。

「……なんでこんなことしてるんだ？　ダンジョンだろ？　迷路作ってトラップ配置しておびき寄せるエサとして宝箱置くのがふつうなんじゃないのか？」

首をひねるが、わからない。そもそもソアールネイ＝サークの考えていることすらよくわからないのだから、サーク家が代々作ってきただか管理してきただかのこの大迷宮について考えたところでわかるはずもない。

「とりあえず今言えることは、スタート地点が37でここが36ってことだ。僕はこの数字がゼロになるまでがんばらなきゃいけないってことだな」

ヒカルは36に背を向けて歩き出した。壁沿いに歩いていけば迷わないことは確実だったが、そもそもダンジョンの奥深くに放り出されている今、迷うも迷わないもない。

「優先すべきは、食料と水の確保か……」

手ぶらで行動していたことを本気で悔やんでいるヒカルである。

「ここの広さがどれくらいあるかはわからないけど、ソアールネイのひん曲がった性格を考えるに、そう簡単に上階には通してくれそうにない。ていうか、地下にこれほどの空洞を作ったのか？　もともとあった空洞を利用して草原を再現したのか？　どっちにしても意味がわからん……」

ぶつぶつつぶやきながら丘陵を越えると、今度はなだらかな下りだ。前方200メートルほどにある茂みがガサガサと動くと、そこから深い青色の毛並みを持つウサギが出てきた。その毛並みは美しく、光の加減によっては赤や黄色を帯びて見える。

すると、

「え」

みょんっ、と舌が伸びるや近くを飛んでいた蝶（ちょう）を巻き取って口に運んだ。そうしてむしやむしゃと食べている。

「…………」

虫を食うウサギって……いやそれよりもあの舌はなんなんだよ、カメレオンかよ……。

頭が痛くなってきたが、ふとヒカルは、以前衛星都市ポーンドの冒険者ギルドで読んだモンスターの図鑑を思い出した。青い毛並みのウサギについて書かれていたはずだ。

「確か、希少なウサギでブルーレインボーとか言われてるヤツだったっけ」

その注意書きにはこう書かれていたはずだ。

――極めて美しい毛並みを持つことからその毛皮は大金で買い取られる。アニマルハンターがこぞって狩猟したウサギであり、小さな群れを作って棲息していたが、乱獲が進んだ結果、絶滅したとウワサされている。

確か、最後に狩猟されたのが30年くらい前で、オークションに出品されたときにはとんでもない金額がついたとかなんとか。

「なんでこんなところにいるんだよ」

ヒカルは「隠密（おんみつ）」を使っているので、50メートルの距離に近づいてもウサギはまったく警戒していなかった。

がさがさと茂みから10匹を超えるブルーレインボーの顔がひょっこり飛びだす。

野生の勘でも働いているのか、きょろきょろと周囲を見回していたが、なにもないとわかるとのそのそ出てきて食事を始めたり、離れたところでフンをしたり、ごろんと転がって居眠りしたりと自由気ままに動き始めた。

「……ま、ここが平和ならいいか」

一瞬、ウサギを仕留めて持ち帰れば大金が手に入ると考えたヒカルだったが、冷静になってみると、どうやって持って帰るんだよという当然の疑問が頭に浮かんだし、ウサギたちのだらだら、のんびりした姿を見せられると、これを殺してしまおうなんていう気持ちはさすがに失せた。

それからさらに歩くこと1時間、ヒカルは反対側の壁にたどりついた。

上部に「36」と書かれた場所の下には通路があって、上へと続く階段が見えていた。

さほど広くない場所だったらしい。

「この先はどうなってるやら……ウサギがいたんだから次はネコとか？」

言葉を口にした瞬間、ヒカルは、背筋に何とも言えない悪寒が走るのを感じた。

こういうときは、最悪の結果が待っている――ヒカルの「直感」が仕事をした。

「……これは……」

階段を上がった先の「35」の部屋――これを「部屋」と呼ぶのはもはや無理なのでヒカルはいい加減あきらめて「フロア」と呼ぶことにした――には確かにネコがいた。

『ギニャアアアアアッ!!』

そう、小型車ほどもあろうかという巨大猫が。

第35層は鬱蒼とした密林地帯が広がっていた。ムッとするような高い湿度と気温の空気が充満しており、冬服を着ているヒカルを嘲うかのようだ。

そこでは巨木の枝に乗っていた巨大ネコが、太い丸太のような巨大蛇と壮絶な戦いを繰り広げていた。

「……僕が望んでたネコじゃない……」

げんなりしして進むヒカルのすぐ横で、巨大蛇が巨大ネコに巻き付き、巨大ネコが巨大蛇の腹に噛みついていたが、その2頭ともヒカルにはまったく気づかなかった。「隠密」が十分効いている。

ヒカルは3時間かけて第35層を抜け、第34層はしとしとと雨の降る凍えるフロアだったがそこも抜け、いい加減寝ようか、そろそろ夜だろうし、と思っていると第33層はいきなり迷路になった。

「……大迷宮らしさがようやく出てきたな」

四角く切られた通路は機械で造ったかのように精密であり、空気が循環しているのが感じられる。第34層で濡れてしまった上着も乾くかもしれないと思いつつ、ヒカルはこのフロアを探索してみることにした。

立体迷路はその構造が単純であったとしても迷いやすい。自分自身が迷路の中に入り込むと、客観視が難しいからだ。さらには迷路の先を見通すことができないので頭の中にマップを作りにくい。

「だけど、まぁ、僕にはほとんど関係ないことだ」

ヒカルは歩きながら「魔力探知」を展開する。このスキルのいいところは、間に壁があろうがその先の魔力を把握できることであり、ここのダンジョンは壁にかすかな魔力を含んでいるので、ヒカルは壁の向こうの通路がどうなっているのか丸わかりだった。

「ッ!?」

そのとき感じ取った反応に、ヒカルはハッとした。

駆け出し、十字路を左に、その先のT字路を左に、すぐの分岐を左に入っていく。その反応の場所へ迷うことなくヒカルは走った。

「あった……！」

ヒカルは、「魔力探知」で感じ取った反応が確かなものであることを知った。

そう、そこにあったのだ――黒い鉄でできた四角い箱が。

「宝箱じゃないか！」

カギ穴はない。「魔力探知」では箱に反応がないので、物理的なトラップが仕掛けられているか、あるいはまったくトラップが仕掛けられていないのだろう。

トラップがあるのか、ないのか。

「――ない」

ヒカルは迷わず箱のフタに手を掛けた。がちゃりと重々しい音がして、あっさりとフタは開いた。

この決断に至ったのは単純な理由だった。

これほど精巧な魔術が施されているダンジョンで、魔術を使わない物理トラップなんてあるわけがないという推測がひとつ。

そしてもうひとつは「直感」がそう囁（ささや）いたからだ。

ここまで明確に「直感」が働くことはそうないのだけれど、ヒカル自身の推測があったからこそ高い精度で働いたのかもしれない。

ともあれ宝箱にはトラップもなく、あっさりと開いたのだった。

「やっぱり、これだったか」

中にあったものを見て、ヒカルはにやりとした。

第48章　英雄病は伝染する

ちりん、ちりりん、とガラスのベルの澄んだ音色が聞こえてくる。耳を刺す硬質ないやなものではまったくなく、まろやかで角のない、耳に心地よい音だった。

「……う……」

彼女は——ソアールネイは目を覚ました。身体が痛い。硬質な床の上でうつ伏せに眠っていたせいだろう、関節という関節が痛かったし、下にしていた右頬は真っ赤になっている。

「あ、い、たたた……」

のそりと起き上がるその姿は、スウェットにジーンズ、上にはダウンジャケットを着ているだけのシンプル極まりない日本の冬服で——それは佐々鞍綾乃の私物だった。

ちりりりん。

「！」

音を聞いてハッとしたソアールネイは周囲を見回した。そこは薄暗い室内で、無機質な灰色の壁に床という造りだったが、ベッドやテーブルといった家具類はアンティークの風格があった。

テーブルに置かれていた魔導ランプのスイッチを入れると、室内が明るくなる。

「……戻ってきたんだ」

魔術の事故により、肉体を破壊されて死が目前だったソアールネイは、運良く——運悪くかもしれないが——世界と世界を隔てる壁をすり抜けた。

その後、長い長い漂流の時を経ることになる。最終的には、肉体は生きているが魂はない佐々鞍綾乃を見つけて、彼女に憑依(ひょうい)した。

日本での生活、ヒカルとの出会い、そして御土璃山の高濃度魔力結晶。

ソアールネイはようやく、勝手知ったる我が家に帰ってきたのだ。

ちりりりん。

「あー……寝過ぎたかも」

なぜ床で寝ていたのかといえば——テーブルにはほこりがうずたかく積もり、ベッドもまた同様に、長年放置されていたので饐(す)えたようなニオイがしていたのだ。それをどうしようかと考えているうちに疲れが出て寝てしまった。床は、ダンジョンと同じ造りにしてホコリをうまく吸収するようにしたため、多少はキレイだった。

ちりりりん。

音が鳴っているのは隣の部屋だ。ソアールネイは扉を開けて——ギィィとすさまじく蝶(ちょう)

番が軋んだ——そちらに入ると、明らかに雰囲気の違う部屋がそこにはあった。

　腰高の、墓石のような石がずらりと等間隔で並んでおり、それに載せられた拳ほどの大きさの青色の珠が光を放っている。そして青色の珠を支える土台には数字が彫られている。ちりりりん、と音を立てている珠は「33」という数字の彫られた台に載っており、その珠だけは青ではなく黄の光を放っていた。

「33……んっ!?　33って!?」

　ぼうっとしていたソアールネイだが、大急ぎで立ち並んでいる台のところに向かうと、珠に手をかざした。

「どういうこと!?　第37層に置いてきたあの少年が第33層にいる……!?」

　視線を上げると他の珠は青一色で、唯一第6層だけが黄色だった。つまるところこの珠はダンジョン内のどの層に侵入者がいるのかを教えてくれる魔道具なのだ。

「……私が知る限りこのダンジョンに足を踏み入れた者はいない。100年くらい前はいたみたいだけど、そこからダンジョンの入口が外から見えなくなったとかなんとか……サーク家の人間は誰も気にしていなかったけど。第6層に侵入者がいる……どうして」

　ヒカルがこちらの世界に吸い込まれたとき、実はまだソリューズたちはダンジョンに入っておらず、ゲルハルトが第6層で戦闘を始めていたくらいだった。この翌日には第1層の珠も黄色になり——ソリューズたちがダンジョンに入り——いよいよ大きな変化があったことをソアールネイは知ることになる。

ソアールネイが手を触れると、ちりりりん、という音はやんだ。

「この音が鳴ったということは、宝箱の中身を手に入れたということ……第33層の宝箱にはなにが入っていたっけ。そうだ、確か『紅蓮の大賢者』とも言われたザッケロースが使っていた『五色煉宝の魔杖』だったはず。精霊魔法4種と、純粋な魔力をぶつける無属性の魔法練成ができる、魔法使いならば誰しもが欲しいという武器……じゃない！　そこじゃなく！　なんでアイツは下に向かわず上に向かっているの!?」

ソアールネイは思わず声を荒らげてしまった。まったく理解できなかったのだ。

彼女はヒカルに対してこの場所が「ルネイアース大迷宮」であることを教え、その証拠としてふつうならばあり得ない魔術を披露した。日本からこちらに渡ったときには物理的な魔術式を使わず「世界を渡る術」を展開し、このダンジョンに着いてからはダンジョンの壁に入り込むようにして消えた。このような魔術はサーク家が代々開発してきたものであり門外不出となっている。

ヒカルはそれらを目の当たりにして、ここが正真正銘「ルネイアース大迷宮」だと知ったはずだ。

そしてルネイアースは、第37層が大迷宮の「ちょうど中央」に位置する小部屋であり、この先に進めば『魔術の真髄』がある……つまりサーク家が代々開発してきた魔術を知ることができる、と教えた。

教えたつもりだった。

おそらくヒカルも理解したはずだ。

だというのに彼は——あっさりと出口へと向かっていく。

「このサーク家の魔術の秘密があるというのに⁉」

ソアールネイにはまったく理解できなかったのだ。


そのころ、ヒカルは休憩する予定を変えて、第32層を見に行った。迷路には多少苦労したがうまく出口を見つけると「魔力探知」を使って最短距離でゴールした。

第32層は、ヒカルにとっては運のいいことに森林地帯だった。ガチの密林という感じではなくて、里山のようなのどかさがあった。木には実が生り、枝にはリスがいて、小川には魚がいる。その魚はポーンソニア王国でも食用として流通している川魚だった。

ヒカルは落ち葉と枝を集めて「32」と書かれた数字の下、ダンジョンの床面が見えているところに戻ると、先ほど宝箱で手に入れたものを取り出した。

「これだよこれ」

短い杖だった。持ち手は50センチほどで、頂点にピンポン球ほどの宝玉がはめ込まれている。虹色に煌めくこの様子にヒカルは心当たりがあった。

「高濃度の魔力がここに溜まっている。ということは……」

杖の先端、宝玉部分を床につけた。

「こうすれば」

ジャッ、と素早く動かして床にこすりつけると、火花が散った。

「ほら！　火花が出た！　しかも強力なやつ！」

何度かやると火花は落ち葉に引火した。それが焚き火ほどになるとヒカルもほっと一息つけた。雨に濡れた服は生乾きで気持ち悪かったのだ。

「川魚を捕れば、魚を焼くこともできるから……これで食べ物の問題は解決しそうだな。水はどうしようかなぁ……川の水をそのまま飲むのは勇気が要るから食べられそうな果物でも探すか」

うんうんとうなずきながら身体を温めているヒカル。

ここにもしもソアールネイがいて、ヒカルの行動を見ていたら悲鳴を上げていたかもしれない。なにせ値段をつけることも難しいほどの魔杖を、火打ち石代わりにしてしまったのだ。

幸い、ソアールネイの魔道具ではヒカルの様子までは確認できず、ヒカルの行動を見ていたのは枝の上にいたリスだけだったのだが。

◇

ＪＲ藤野多駅は改札が5つ並んでいるが、構内は閑散としていた。先日の「新たな異世界人」騒ぎで、この藤野多という地名が世界に轟き、どっと異世界研究家やら観光客やらが世界各地から訪れ、いっときはこの改札がフルで利用されることもあったのだが、一度波が過ぎてしまうと元に戻り、今は通勤通学に使っているだろう利用客だけが改札を通り抜けていく。

「あ〜……なんで俺たちは朝っぱらからデスクのお出迎えなんてせにゃならんのですかねえ」

改札の外に二人組の男がいた。

片方は右肩にゴツいカメラを、もうひとりはショルダーバッグを掛けている。

ふたりに共通しているのは上背があってガッチリしており、大学時代はさぞかしハードな体育会系の部活に所属していたのだろうと思わせる背格好だった。

「バカ野郎。田丸この野郎。お前がデスクに口を滑らせたからだろうがよ！」

ショルダーバッグの男がカメラの男に強烈なひじ鉄をくれた。

「ぐわっ!?　……ううっ、すんません……だってデスクの追及がしつこくて……」

「あのデスクはな、社会部のくせに寝ぼけた感じで、しかも佐々鞍綾乃のスクープ動画を確保せずに野に放っちまうようなボンクラには違いないが、それでも現役ぺーぺーの記者だったころはな、取材対象に一度食らいつくと手を替え品を替え、聞きたいことを聞き出すまで絶対に離れない『スッポン』ってあだ名がついてたほどなんだぞ」

「えぇ……なんですかそれ、カッコ悪いなぁ」

「そのスッポンに食らいつかれてべらべらとヒカリちゃんのことをしゃべったお前はさらにカッコ悪いんだよ！」

「ぐわっ!?」

もう一発のひじ鉄に、カメラマンの田丸が悶絶（もんぜつ）する。

このふたりは日都（にっと）新聞社の社会部所属で、記者の日野（ひの）とカメラマンの田丸だ。コンビを組まされることが多いのだが、このふたりは日都新聞でも「体当たりさせるならあのふたり」とか「21世紀にまだいたのか、こういう体力バカは」なんて言われており、ふたりまとめて「日の丸コンビ」とまで名付けられていた。

日野の同期入社であり同じ社会部だった佐々鞍綾乃は入院してしばらく休職していたのだが、突如として復帰すると彼女の上役であるデスクにスクープネタを持ち込んだ。それは日都新聞社ＯＢであり財務大臣の第一秘書を務める土岐河（ときがわ）という男に関するもので、日野の知る限り、デスクはそのスクープを握りつぶした。というのも、土岐河は日都新聞の上層部をガッチリつかんでおり、政権与党の情報を流す代わりに提灯（ちょうちん）記事を書いてもらう取引をしていたからで、土岐河をスクープで抜いて失脚させるなんていうことをできるタ・マでは、デスクはなかった。

結局そのスクープネタは海外メディアに持ち込まれ、そこから逆輸入する形で日本のメディアが後追い報道をしている。

土岐河が違法スレスレの方法で土地を買収しようとしていたのもこの藤野多町なら、「新たな異世界人」がその事件を暴くために活躍したのもこの藤野多町だった。

デスクはスクープネタを確保しなかったこと、きちんと吟味せずに佐々鞍綾乃を放置したことで役員から詰められており、その八つ当たり的とばっちりを食らった日の丸コンビは藤野多町に送り込まれた。

だが、天は日の丸コンビを見捨てていなかった。

彼らの前に現れたひとりの美少女――本人が名乗ったことには「ヒカリ」ちゃんは、「新たな異世界人」のうちのひとりだと日野は見抜いた。

ヒカリちゃんの情報を集めればとんでもないスクープになるぞ、と意気込んだのも無理はない。

そして、その翌朝早くにデスクから電話があり、「てめぇはなにをひとりで先走ってやがる。俺が今からそっちに行くから出迎えろ、いいな！」と怒鳴られ、それがカメラマンの田丸がうっかりデスクにヒカリちゃんのネタを漏らしてしまったためだったとわかり、その気になれば瓦（かわら）を10枚は割れそうなひじ鉄を田丸に食らわせてしまうのもこれまた無理はないことだろう。田丸のあばら骨にはそろそろヒビが入りそうだった。

「っつうか、なんでデスクがわざわざ出向いてくるんだよ……デスクはデスクに座って指示を出すのが仕事だろうがよ……」

ヒカリちゃんを見つけたのは自分たちで、記事にするのも自分たちだ。それをデスクなんぞに持っていかれてたまるかよと、日野は内心思っていた。

特急電車が到着し、改札にぽつりぽつりと人がやってきた。

「おう、日野、田丸。しかしここはなんだな、ド田舎だな」

ボストンバッグを持ったデスクが改札を出てくるのを見て、日野は内心で舌打ちした。バッグは大きく、日帰りするような荷物ではなかった。もちろん1泊2日でもなく、1週間は滞在しそうな雰囲気だ。つまり何日もの間、デスクの世話をしなければならない。

「デスク――ヒカリちゃんのことですけど、これつかんだのは俺たちですからね」

「なんだよ、急に」

「記事には俺の名前を載せたいってことです。うちの一面取れますよ」

「バカたれ、ものにもしないうちからなに言ってんだ。……だけど、いいな、社会部の若手が全国紙の一面をかっさらう。それくらいの意気で掛かれ」

「う、うっす……」

日野はなんだか肩すかしを食らったような気がした。てっきりデスクは自分たちの手柄を横取りしようとしてわざわざ藤野多町までやってきたのかと思っていたのに、今はこうして背中をぽんぽんと叩（たた）いている。

「それではデスクはどうしてわざわざここに？」

「……田丸の口が軽いからだ」

「え」

「あのなあ、とんでもねえスクープネタをいくら身内だからってコロッと話しちまうバカタレを放っておけるか。今度ネタを落としたら俺の首が飛ぶ」

「あ、あー……なるほど、そういう」

むしろこっちを心配して来てくれたのか、とホッとしてその田丸を見ると、

「…………」

ぼーっと改札のほうを見ていた。

「おい、田丸。なに見てんだ」

「え？　あ、すんません。いやあ、カワイイ子がいたんで、つい……。ちょっと存在感がないんだけどよく見ると美人っていう子がストライクなんすよぉ。でもあの子、どっかで見たような気がするんだよな」

「お前なぁ……『どこかで会いませんでしたか』なんていう古くさい文句でナンパなんか

するんじゃねえぞ。ほら、行くぞ」

「あっ、はい。デスク、バッグ持ちます」

「年寄り扱いするな。お前はいつでもカメラ構えられるようにしとけ」

3人は駅前のタクシー乗り場へと急いだのだった。

その3人がいなくなった改札できょろきょろしているのはひとりの少女だった。細い体を包むピーコートにふわりとしたマフラーを首元に巻いている。

「こっちが北口で、こっちが南口……北口から歩いて行ける距離だって言ってたっけ、彼・女・は」

田丸が思わず見惚(みと)れてしまった少女葉月は、日野たち3人が向かったのとは反対側の出口へと歩いていく。

そのときふと、近くで話している大人ふたりの声が聞こえてきた。

「――さっきの、日都新聞の連中だよな。しかも東京から来てる」

「――いや、『デスク』とか言ってなかったか？　デスクが東京から来るわけないだろう」

「――それほどのネタが見つかったってことかも。『ヒカリちゃん』がどうとか言ってたが、知ってるか？」

「――知らないな。ウチの本社にも連絡取って聞いてみるか」

ヒカリちゃん？

まるで葉月の知っている少年、ヒカルをそのまま少女にしたような名前に葉月は思わず口元をほころばせる。

その後、声が聞こえなくなったので彼らが何者で、なんの話をしていたのか葉月は気にも留めなかったのだが――今の葉月には知るよしもなかった。まさか「ヒカリちゃん」という言葉が一人歩きし、「新たな異世界人」と結びつけられ、日都新聞のみならず他紙も追いかけるようになることを。さらにはその張本人であるラヴィアとともに自分もまた記者に追われることを。

老人を救ったポーラは、老人に言われたとおり3日後の夜に廃教会を訪れた。

治療のお礼にせめて教会をぴかぴかにすると言っていたので、ポーラとしてもほっこりしていた――なにせ教会の信徒であるポーラにとって、教会を愛する人が増えるのは大歓迎だからだ。

「ふんふんふ～ん……ふ……ふん⁉」

鼻歌交じりで教会に向かっていたポーラは、教会が見えてきたところで思わず立ち止まった。

いくら暗い夜だとはいえ、街並みには見覚えがあるからこの場所で間違いないはずだ。だというのに——これは、この教会は、まったく見覚えがなかった。

「な、な、なんですか、これは……!?」

壁面は美しい白色に塗り上げられ、新品の屋根は水でも弾きそうなほどぴかぴかだ。重厚な扉は外側へ向けて解放され、そこへ至るアプローチは磨かれた石畳となっている。

「おお、おお、聖女様……!」

3日前には死にかけていた老人が、ポーラに気がついて手を挙げた。

その周囲には30人からなる人々が待ち受けていた。

「お、お、おじいさん、これは一体……!?」

「教会をぴかぴかにすると申しましたな？　こう見えてもワシには友だちが多くてですな！」

仲間内だけでこれをやり遂げたというのか——ポーラが目を瞬かせていると、「友だち、なんて気色悪い言葉使うんじゃないわい」「そうじゃ、ただの腐れ縁じゃろうが」と老人たちがやいのやいのと言う。

「うるさい、お前らのような口の悪い連中は、だから連れてきたくなかったんじゃ。さあさ、聖女様、中も見てくだされ」

Before
!?
After

「あ、あのぅ！　私は『聖女様』とかそんなんじゃないです！」

「ご謙遜を。いえ、教会に認定された聖女様では確かにないのかもしれんが、ワシにとっては少なくとも聖女様じゃて」

自分にとっては、と言われてしまえば否定しづらい。ううう、とポーラが困っていると、老人に背を押されて教会の中へと連れて行かれる。

そこは、3日前に老人が倒れていた廃教会とは似ても似つかなかった。というより、まったく違う教会をここに持って来たんじゃないかと言いたくなるほどだった。

信徒のための長椅子がいくつも並び、説教壇は黒い上等な木材が使われている。奥には祭壇があって、その神像だけは前のままだった——腰から上をバッキリ折られて元の姿を想像できないようなヤツだ。

魔導ランプがあちこちに設置されており、室内は温かな光で満たされている。

「ワシは、まさにこの場に横たわり、あとは死を待つだけだった……ここまで運ばせた息子にもつらい思いをさせたとそれだけは後悔していてな」

いきなり老人の自分語りが始まった。それを聞いた息子が目尻に涙を浮かべながらうんうんとうなずき、全員が耳を傾けているのでツッコミを入れられる雰囲気ではない。

「そこへ現れたのが聖女様じゃった！　ワシの手を取るお姿は、無学のワシですら聞いたことのある伝説の聖人様のようでな、神々しさに震えてしまったのじゃ……」

待って待って、あなたが震えていたのは病気のせいですよね？　大体私は食事のにおいに誘われて来てしまっただけで――と、言いたいことが山のようにあるのだが、聞いていた人々はやんややんやの拍手喝采だった。

「今のワシを見れば、どれほどの奇跡を起こしてくださったのか、わかるじゃろう？」

老人が言うと、「そうだなぁ、殺しても死にそうにないお前が真っ青な顔してたもんなぁ」「死人みたいな顔してたぜ」「それが今じゃまた、殺しても死にそうにない顔してやがる」と他の老人たちが口々に言う。

「い、いえ、その、あの、私はたいしたことはしておらず……」

「聖女様、せめてこのワシに聖女様のために祈ることを許してはくれませんか？」

「え、ええっ⁉　私のために祈る、ですか⁉」

「していただいたことに比べたらこんなことしかできず、申し訳ねえんですが……」

「いえいえいえ！　教会をこんなに立派にしていただいただけで十分ですよ⁉」

「十分なんかじゃございやせん。ワシが本物の教会に頼んだってどうもならなかったことですぜ。金じゃ解決できないんです」

するとほかの老人たちも、「こいつを助けてくださったんですから、教会をキレイにするくれえたいしたことはねえ」とか「時間さえありゃもっと豪華にできるのに」とか言っている。

大変なことになってきたと、ポーラの頭がぐるぐるする。

「聖女様！　聖女様は『彷徨の聖女』と名乗る御方なんでしょう？」

「えっ、そ、それは」

「いやいや、皆まで言わないでくだせえ。ワシらはそんな聖女様が身分をお隠しになりたい気持ちを尊重しております。きっと……やんごとなき身分の御方なのでしょう？」

違ーう！　全然違いますー！　私はメンエルカっていう田舎の村の教会の娘ですー！

あと、自分から「彷徨の聖女」なんて名乗ってないですよお!?

叫びたいことはこれまた山ほどあったがワケがわからなすぎて言葉が出てこなかった。

「ワシらは聖女様の魔法を利用しようなんてこれっぽっちも思ってねえってことをお伝えしたかったたんです。聖女様ほどの魔法でしたら金貨の山を積んででも欲しいと思う者はいるでしょうが、場合によっては悪用されかねねえと……」

「！」

それは図星だった。ポーラには「隠密」系統のスキルがなく、ヒカルのように誰にも気づかれずひっそりと行動することができない。「彷徨の聖女」、つまりフラワーフェイスとして活動して、精霊魔法石を得て「世界を渡る術」を実行するという方法も考えたのだが、ボツにせざるを得なかったのはすべて「隠密」スキルが使えないせいだ。

ポーラは自分の「回復魔法」が異常な水準にあることは理解していて、魔法を好きに使っていいとヒカルから許可は出ているものの、ヒカルがいない今の状況で軽々しく行動できなかった。捕まって監禁でもされたらそれこそヒカルとは永遠に連絡が取れなくなってしまう——実際「呪蝕ノ秘毒」の災禍のときに、クインブランド皇国で身動きが取れなくなったこともあった。

この老人たちを警戒しなかったかと言えば多少はしていたが、明らかに善人である彼らの「お礼をしたい」という善意を断ることはさすがにできず、今日ここへやってきたポーラである。

「あ、そのぅ……」

「ええ、ええ、ですからワシらは祈るだけ。いいでしょう？　ここで聖女様のご無事を祈らせていただくというのは……」

「……わ、わかりました。ですが私ではなく神様に祈りを捧げてください。魔法も、それを使う私自身も、神様の奇跡を起こすための道具でしかありませんので」

祈りを捧げるくらいなら、いいか……とあきらめ顔でポーラはうなずいた。この教会だって、管理する助祭も司祭もいないようなので、住民たちが祈りを捧げる場になるのであればいいだろうという思いもあった。

それが間違いだった。

ポーラは知らない。翌日にはここを訪れる者は50人に増え、さらに翌日には70人、さらに次の日には100人を超えるということを。表立っては話題にならなかったが、ここが「彷徨の聖女」の拠点なのだというウワサは密やかに広まり、さらにはリニューアルされた神像にはちゃんと仮面がつけられていた——ポーラの想像をはるかに超えるほどに「彷徨の聖女」という名前は「呪蝕ノ秘毒」災禍で傷ついた王都民たちの心の支えになっていたのである。

結果、「彷徨の聖女」をもじった「彷徨える光の会」なる組織ができ、既存の教会に疑問を感じていた者たちがこぞって押し寄せることになる——。

「おお、ありがてえ！　なあみんな、ここで神様に祈ろうや！」

今は無邪気に喜んでいる老人を見て、ポーラは「やれやれ、お祈りの仕方くらい教えて差し上げましょうかね」なんてのんきなことを考えているのだった。

冒険者たちは「ルネイアース大迷宮」の第5層を走っていた。ここまでに遭遇する敵は少なく、ゲルハルトがかなりしっかりとモンスターを間引いていたことがうかがえた。

だが、

「ソリューズ！　第6層へ続く階段はあそこだ！」

「そのようですね！」

「どうだ、そちらが先に行くか!?」

「それもよさそうですが、まずはここをどうにかするのが先でしょう！」

広い部屋の中央にぽっかりと空いた穴には、らせん状の階段が見えていた。だがこの部屋からは8方向に通路が延びており、それらからモンスターが押し寄せてきたのだった。

ゲルハルトたちが見つけそこねたのか、第6層が見えて先を急いだ結果、漏らしたのかはわからないが、ともかくこのモンスターを放置して先へ進むという選択肢はなかった。

「そうだな！　では大型は引き受けよう！」

ソリューズに呼びかけているのは「蒼剣星雲」のマリウスだった。

腕が6本、腰から下が大蛇というモンスターは身の丈が3メートルはあろうかという大型で、こいつがいちばん厄介なことは間違いなかった。さらに言うとそんなモンスターが7体いるのである。

「東方四星」が引き受けることになったのは20体からなるモンスターだが、大きくても中型までだった。

大鎌（おおがま）を持った白骨スケルトン。

ゴブリンのような体格ながら赤色の皮膚が鉄より固く、手の先にポゥと小さな明かりを灯（とも）しているランプデーモン。

コウモリの羽と牛の身体を持ち、顔はヒトという見たこともないモンスター。

悪魔の生首に触手が生え、あちこち走り回っている謎のモンスター。

「にゃー！　キモっ！」

生首を蹴っ飛ばし、投げナイフでランプデーモンを牽制(けんせい)しながらサーラが叫ぶ。

「巻き添え食らいたくなきゃどいててよね！『凍土壁(フローズンウォール)』!!」

床面からいくつもの壁が隆起したかと思うと、それらはモンスターを取り囲んで箱が閉じるようにフタをする。その壁はマイナス数十度という冷たさで、閉じ込められたモンスターは急速冷凍される。

「ソリューズさん、いけます」

「ありがとう」

ソリューズが持つ剣の刀身は今、金色の光に包まれていた。「聖属性」の魔法による強化だ。

駆け出したソリューズの姿は貴族位を持つ騎士よりも美しく洗練されていた。マントをはためかせて剣を振るうとモンスターの腕が飛び、迫る大鎌(おおがま)をかいくぐった後に反撃の突きを繰り出すと切っ先は白骨の眉間に吸い込まれ、直後には頭蓋骨を粉砕する。

（すさまじいね）

ソリューズが感嘆するのはシュフィの掛けてくれた魔法だ。

シュフィはもともと高位の「回復魔法」と「支援魔法」の使い手だったが、最近ますます磨きが掛かっている。「呪蝕ノ秘毒」災禍のときに、フラワーフェイスと行動をともにしていたのだが、あのころから急激に腕が上がったように感じられる。そのフラワーフェイスはポーラであり、ヒカルの仲間なので同じ秘密を共有する仲ではあるのだが、お互いのすべてを知っているわけではない。なにか、シュフィのスキルが成長するようなことがあったのだろうか。

ソリューズたちに割り当てられたモンスターを倒しきると、ちょうど「蒼剣星雲」も最後のモンスターを倒すところだった。

「ふぅー……お見事、ソリューズ。敵の数を考えればこっちのほうが早く終わると思っていたんだけどな」

「数よりも質でしょう。マリウスさんもお疲れさまでした」

「いい仲間に恵まれたな」

そう言うとマリウスは負傷したらしい仲間のところへと去って行った。

「やっぱり親密なのだわ！」

真横にセリカがやってきていた。

「あはは、驚いたなぁ。急になんだい」

「あのマリウスという男はソリューズのなんなの⁉」

「特に言うほどでもないと思っていたけど……どうやらみんな気になっているみたいだね」

振り返ると、サーラとシュフィもこちらを見ていた。

「そんなにたいしたことではないんだ。私が冒険者として駆け出しだったころにお世話になったパーティーのメンバーが、マリウスさんだっていうだけで」

「ソリューズに駆け出し時代なんてあったの!?　それが意外だわ！」

「いや……セリカ、私のことをなんだと思っているんだい？」

「ソリューズはソリューズよ！」

「答えになってないんだよなぁ……」

頬をかきながらぼやくように言ったが、ソリューズはマリウスについてとりあえずみんなに納得してもらえたことにホッとした。

間違ったことは言っていない。

だけれど、彼女たちには話したくない過去ではあった。

(私にだって駆け出し時代くらいはあるさ……)

ソリューズは薄く目を細めた。

そのたたずまいの清潔感も、貴族のような所作も、それらは当然、過去に身につけたものである。だけれどソリューズは貴族の血を引いているわけではなく、「ランデ」という商家に生まれたのだった。

クインブランド皇国の、とある地方都市経済の一翼を担う大きな商家だった。

代々の名門商家であるランデ家は貴族ですら逆らえないほどで、商売敵も多かったが父の辣腕で繁栄する一方だった。

祖父母は早くに亡くなっており、兄弟姉妹もいなかったソリューズは両親に可愛がられて育った。

父はソリューズが幼いころから貴族としての教育を施したのだが、なぜそんな教育をしていたかと言えば、貴族に嫁がせるため——ではなかった。

莫大な富を持ち、物質面で満足するとなにを欲するのか？　ソリューズの父が求めたのは、「金では買えないもの」だった。

クインブランド皇国皇帝が与える勲章の中で、貴族にとっての最高勲章である「秀果大勲章」と、貴族以外にも与えられる「秀華大勲章」のふたつは「同位である」と国法によって明確に定められていた。ソリューズの父は、あらゆる手段を使い——それこそ貯め込んだ資産の3分の1を使い——この「秀華大勲章」を受勲できる算段を付けたのだった。

しかも「秀華大勲章」を持つ者には自動的に貴族位が与えられることになっていた。

父はすごいのだ。特権階級である貴族にすらなれるのだ。そう考えるようになったソリューズは可愛らしく言えばワガママたっぷりに、悪く言えば傲慢に育った。

親が貴族より力を持っているということは、その娘である自分自身も特別な存在に決まっている。

ソリューズはそう信じて疑わなかったし、その他の人間をずっと下に見ていた。いや、同じ人間として見ていなかった。

転機が訪れたのはそんな彼女が10歳のときだ。

父が「秀華大勲章」をいよいよ受勲するということで、首都であるギィ＝クインブランドへと向かうことになった。それは長い旅程だったが、妻とひとり娘のソリューズも当然連れていくことになった。一世一代の晴れの舞台である。

重要人物であるランデ一家を守るため、大金が投じられて傭兵団が手配され、彼らは「竜が出ても守り抜きましょう」と請け合った。

郊外を移動中に、突然出現したのは雷電魔狼と呼ばれる種類のモンスターだった。自動車ほども大きく、魔力で毛皮に帯電した状態で行動する。本気で走ると秒速で１００メートルものスピードを出し、こともあろうにランデ一家の馬車に突っ込んできた。

馬車にはソリューズの両親が乗っていたが瞬く間に爆散し、飛び散った破片は盛大に燃えた。

それはたまたま小休止中に起きた出来事だった。トイレのために隊列を離れていたソリユーズは無事だったが、なにが起きたのか、すぐに理解することはできなかった。

ただ、あの馬車に両親が乗っていたことだけは間違いなかった。

突如として現れた巨大モンスターを見て、馬は恐怖で走り出し、使用人たちはその場で動けなくなり、頼りにしていた傭兵団はちりぢりになって逃げ出した。

彼らは「竜が出ても守り抜く」と言ったはずなのに——それはただの大ボラだった。護衛報酬を吊り上げるために過去の実績をねつ造していたのだ。

ぎろり、とモンスターがソリューズを見た。彼女のなにを気に入ったのかはわからないが、明らかにソリューズを見た。

ふだんからソリューズの世話をしてくれている使用人がすぐ横にいた。

——た、助けて！　なにアレは!?

とソリューズが声を掛けると、使用人はすぐに背を向けて走り出した。

——どこに行くの!?　待ちなさい！

——ひとりで死ね！

衝撃を受けているヒマも余裕もソリューズには残されていなかった。雷電魔狼が近づいてくる。ハァハァとヨダレを垂らしながら近づいてくる。最初の突撃で放電したのか、ほとんど帯電していなかった。

ソリューズはなにもできず、その場に立ち尽くしていた。死とか生とかも考えられず、ただ立っていただけだった。

そのとき――雷電魔狼(らいでんまろう)の身体が、横からのショックで止まった。

雷電魔狼に体当たりをするようにしていた――長身の女性がいた。モンスターは、何事か、という感じでそちらを見たのだが、女性はモンスターに向かってべェと舌を出してこう言った。

――帯電してねえお前なんて、怖くもねえよ。

と。

次の瞬間、女性が背後に飛びのくと、矢が、魔法が飛んできてモンスターを散々痛めつけて転がし、最後は戻ってきた女性がトドメを刺した。

そのころにはソリューズは気絶してぶっ倒れていたのだが、後から聞いたところによると倒れたソリューズを助け起こしてくれたのもまたその女性で、彼女は冒険者であり、ランクB冒険者パーティー「彼方の暁(かなたのあかつき)」のリーダーであるサンドラだった。

一応マリウスも「彼方の暁」に所属していたのだが、この頃のマリウスをほとんどソリューズは記憶していない。魔剣もいまだ手に入れておらず、10人ほどのパーティーでも目立たない「仕事人」的な存在だったからかもしれないが、とにかく記憶に残っていない。

それよりむしろ、ソリューズを救ったサンドラが強烈に印象に残っていた。ストレートの赤い髪を真ん中で左右に分けていて、彫りの深い目元が特徴的だった。

両親を失ったソリューズは悲しむ間もなく自分の置かれた状況に気づかされた。

商会の人間は父には従順だったが、商会の権利を継いだ自分のことなど誰も気にかけなかった。父の右腕だった男はあたかも自分が商会長であるかのように振る舞い始め、男のライバルだった者は権利を持つソリューズに近づいて手を替え品を替え自分に権利が移るように画策する。他商会からの攻勢もすさまじかった。街に出ればいろんな人間が話しかけてきてソリューズとつながりを持とうとし、あわや誘拐されそうな騒ぎも一度や二度ではない。

そんな騒ぎの最中でも、使用人の誰もソリューズを助けず、善良な市民や衛兵がいなければほんとうに誘拐されていただろう。

——私は父の傘の下にいただけだったんだ……私のことなんてみんなどうでもよかったんだ。

初めてソリューズは知った。自分が使用人たちを同じ人として扱わなかったのと同様、彼らもまた自分を大切になんてしないのだと。

サンドラだけは違った。なんの利害関係もないのにソリューズを救ってくれた。

その事実にすがるように、ソリューズは商会のすべての権利を放棄し、お金だけを持って家を出た。「彼方の暁」パーティーは都市内に留（とど）まっており、幸い、サンドラとはすぐ会うことができた。

サンドラは助けを求めてきたソリューズを最初は拒んだが、やがて情にほだされ、雑用係としてパーティーに迎え入れた。ソリューズの持っていた大金はソリューズの装備品を造ることに回され、残りは貯金しろとサンドラに言われた。剣の持ち方すら知らなかったソリューズに基本を一から叩き込んでくれたのもまたサンドラだった。

──この人は強い。強かった父ですら雷電魔狼に殺されてしまったけれど、この人はそのモンスターを倒した。

ソリューズの中で、いつしか追い求めるものが「強さ」に変わっていった。

自分が強かったら父を、母を守れたかもしれない。自分が強かったら商会の者たちも自分を侮らなかったかもしれない。

元々才能があったのか、あるいは努力が実を結んだのか、ソリューズはめきめきと剣術が上達し、「彼方の暁」でのサポートアタッカーとして活躍するようになった。マリウスとも会話を交わしたが、あくまでも業務上必要だからという範囲で、ソリューズの意識は常にサンドラに向いていた。サンドラが目標だったからだ。この人に追いついたら、きっと自分に自信が持てると信じていた──。

「──ソリューズ？　なにしてるにゃ？」

「ん？　ああ、なんでもない……先を行くかい？」

過去を思い出して思わず立ち止まっていたソリューズを振り返ったのはサーラだったが、彼女は首を横に振った。

「後ろから誰かくるにゃ」

「！」

多くの人々が、その広い部屋に入ってくる気配があった。

「よお〜、おそろいで。まだこんなところにいたのかよ？」

ランクB冒険者パーティーの「キンガウルフ」だ。

先頭を歩くキンガは左右の女の肩に腕を回していて、ダンジョンを探索しているようにはまったく見えない。これでモンスターが襲ってきたりトラップがあったりしたらどうするのだろうと思ってしまうほどだ。

「だいぶお疲れじゃねえか？　どうだ？　先頭をこっちに譲るってのは」

ゲルハルトたちが打ち漏らしていたモンスターも「蒼剣星雲」と「東方四星」が倒してきたおかげで、モンスターもいない道をダラダラと歩いてきたのだろう。多少は疲労感のある2パーティーと比べ、「キンガウルフ」はまったく損耗していなかった。

「なにを言うのです！　我ら『蒼剣星雲』がモンスターを倒したからこそあなたたちは無傷だっただけでしょうが！　大体――」

金縁眼鏡をかけた聖職者のリーザが声を上げるが、マリウスがそれを制する。

「リーザ、止しなさい。——キンガ、もし先に行きたいなら行ってくれて構わない。この先がおそらく第6層。盟主ゲルハルトもいるはずだが、もしかしたら全滅しているかもしれない」

「ハッ！　なんだよそりゃ、脅しか？」

「客観的な事実を言ったまでだ」

「そんで？　その獣人王サマが危険な状況だってのにお前らはそこで休憩中か？」

「万全な態勢で突入すべきだと考えている」

ちらりとマリウスがソリューズを見た。

「こちらも同じ考えよ」

ソリューズが同意すると、キンガは舌打ちをした——ソリューズがマリウスの肩を持ったように見えるのがイラつくとでもいうように。

「それじゃあ俺らは先に行くぜ。第6層に凶暴なモンスターがわんさかいるようなら、宝もがっぽりあるだろうしな！」

キンガの言葉に、パーティーの女メンバーはキャァッと声を上げた。一方で荷物運びや、がっちがちの盾役装備をしている男メンバーはげんなりした顔だ。

（なるほど）

上層で宝探しでもしているのかと思っていた「キンガウルフ」が第5層にまで下りてき

た理由を、ソリューズは知った。

（上層よりも下層のほうがよりよいアイテムがあるのは当然のこと。体力を温存してついてきたというわけね）

彼らがぞろぞろと第6層へと続く階段を下りていくと、

「……いいのかよ、マリウス」

と「蒼剣星雲」のメンバーが言った。

「なにがだ？」

「ここまで宝らしい宝はなかったんだぞ。手つかずのダンジョンは第6層以降なんだ。そこを取れなかったら俺らは大損だ」

ソリューズが考えていたようなことを彼らも考えたらしい。

うんうんとうなずく者も多い。

冒険者にとって、危険を冒してでもダンジョンを探索するのはそこに宝があるからだ。

「あの『ルネイアース大迷宮』に潜って、他のパーティーの露払いだけして帰ってきたなんて知れたら笑われる！」

「絶対高価なマジックアイテムとかあるだろ！」

魔法使いの双子も嘆いているが、マリウスは落ち着いたものだ。

「今回の依頼は『ダンジョンのモンスターを間引くこと』だ。追加のミッションは『盟主ゲルハルトの救出』。このふたつが最優先だし、それは説明しただろう」

「だけどよぉ――」

「それに」

不満がありそうな仲間にマリウスは言う。

「……第6層のモンスターが精強であることは間違いない。『キンガウルフ』の実力は俺たちも把握している……だから、彼らが先に戦ってくれるならモンスターがどれほどのものか確認できていいじゃないか」

マリウスは「キンガウルフ」をある種のテスターにしようと言うのだ。

「な、なるほど……意外とマリウスって腹黒いんだな」

仲間たちはある程度納得したようだったが、それを聞きながらソリューズは別のことを考えていた。

（マリウスさんの疲労が濃い）

ケガをした者は「回復魔法」でどうにでもなるが、「蒼剣星雲」の主力はマリウスの魔剣だ。剣の魔力自体は魔石を付け替えればチャージできるが、一撃必殺のあの攻撃は裏を返すと「外せば危険」ということになる。マリウスは、精神的な消耗が大きいのだろう。

（……マリウスさんも老いたのか）

見た目も振る舞いも昔とあまり変わらないように見えたが、マリウスがこうして休息を挟むようにしているのは「無理が利かない」ことを知っているからかもしれない。

一方の「東方四星」はセリカの魔力は豊富にあるし、ソリューズたちの疲労もまた、ほとんどなかった。

「先に行きますか？　それとも『蒼剣星雲』を待ちますか？」

シュフィに問われ、

「待とう、いったん。第6層についての見立てをもう一度検討しておきたいし――」

「やだにゃ！　それならウチが先行する！」

ソリューズの答えを遮ったのはサーラだった。

「『キンガウルフ』に先を越されるなんてめっちゃムカつくし～！」

「そうよ！　安全堅実もいいけど、今回は速度も重要なのよ！」

セリカもそれに賛成する。

「ふたりとも……」

危険の多い、情報のないダンジョンでリスクを取りたくないというのがソリューズの本音だったけれど、ふたりが言うこともまたもっともだった。

「……セリカの『伝声』の魔法はどれくらい届くんだっけ？」

「『耳に囁くそよ風（ウィスパリング・ウィンド）』は、無風で真っ直ぐな道なら500メートルはいけるわ！　ダンジョンで使うにはちょうどいいのよね！」

「わかった。それなら行ってみようか」

必要以上に安全マージンを取ろうとしている自分に、ソリューズは気づかされた。もちろん、むやみやたらに突撃することがいいなんてことはまったくないのだが、

(マリウスさんを気にかけすぎたかもしれない)

かつて自分が所属していた「彼方の暁」の大先輩であり、憧れたリーダーのサンドラと肩を並べて戦っていたマリウス。彼を意識しないようにするほうが無理ではあった。

(結局、現役のサンドラさんを超えられたかどうかはわからないままだったな……)

サンドラは、すでに冒険者を引退している。

理由は「彼方の暁」のメンバーと恋仲になり、子を授かり、家庭を持ったからだ。

今ごろは、冒険者時代に貯めた資産で商売でもやっているか、のんびり過ごしているだろう。

引退を聞いて、ソリューズは心に決めたことがふたつある。

ひとつは、男がパーティーに入り込むと和が乱れるので、パーティーには男を入れてはならないということだった。サンドラのように子を授かってしまえばパーティーを離脱することになる。だから「東方四星」には男を入れなかったし、信頼できない女も入れなかった。ヒカルに声を掛けたことはあったが、仮に彼が入ってもともに行動することはないだろうと思っていた。

　もうひとつは、かつてのサンドラさんよりもずっと強い。こ
（「蒼の閃光」を手にしたマリウスさんは、かつてのサンドラさんよりもずっと強い。ここで「蒼剣星雲」以上の成果を出せれば……マリウスさんよりも私のほうが「強い」とわかれば、サンドラさんを超えたことになるのかもしれない）

　両親が襲われたときに雷電魔狼を倒せるほどの力が自分にあれば……サンドラほどの力が自分にあれば、両親は死なずにすんだとずっと考えてきた。

　サンドラのパーティーに入り、彼女を目指したのも「強さ」に憧れたからだ。

　女だけのパーティーの結束を高めることも、「強さ」を維持するためだ。

　ソリューズが冒険者になった根っこの部分はこの「強さ」への、渇くような望みがあり、彼女はどんな苦境も「強さ」によって解決すべきだと考えているのだった。

　それを、教育によって得た貴族的な振る舞いや考え方によってうまくコーティングしているので、ヒカルからは「腹黒」のように見えるかもしれないが、周囲の冒険者や一般市民からは「実力があるのに優雅な冒険者」というふうに見えるのだろう。

「……ソリューズ、先に行くのか？」

　パーティーで集まって座っていたマリウスにたずねられ、ソリューズはうなずいた。

「蒼剣星雲」の数人がイヤそうな顔をしたのは「お前らは俺たちの陰で楽をしていたのに、ここで先に行くのかよ」という不満がゆえだった。

サーラが先行して階段を駆け下りていき、ソリューズとセリカ、シュフィがそれに続いた。

左右に広く、もし階段ではなくただの坂道だったら馬車でも走れそうなほどだった。

「！」

長い階段を降りていくと、シュフィの顔が強(こわ)ばった。

「すさまじい気配を感じます……！　この層に邪悪なモンスターが、それも強大なモンスターがいるというのは間違いなさそうです！」

自分の身体を抱くようにして身を震わせるシュフィに、

「それほどかい？」

「はい。サーラさんには、もし敵を見つけても戦闘せず、すぐに戻るよう伝えたほうがいいかもしれません」

「わかったわ！」

階段が終わるやすぐに魔法を発動させてサーラと連絡を取るセリカ。そこは階段と同じく広々とした一本道が続いており、「耳に囁くそよ風(ウィスパリング・ウィンド)」を使うにはちょうどいい場所だった。

壁面には大きく「6」と描かれている。

「『風の精霊に告げる。我が声を遠く離れし友に届けよ――』」

セリカの詠唱が小さく行われると、彼女の身体の周囲に緑色の光が集まってくる――これが風の精霊であるらしい。

「耳に囁くそよ風」という魔法はレアな魔法ではないのだが「風魔法」の修得者が少ないのであまり使われていない。というのも「風魔法」は空気の流れを扱うことができるのだが、攻撃力に直結しないのである。わかりやすい「火魔法」や、岩を飛ばせる「土魔法」のほうが使い勝手がいい。

だが「無線機」のような魔法は「風魔法」ならではだ。もちろん一般的な魔法使いが「耳に囁くそよ風」を使ったとしても数十メートルがせいぜいで、セリカのように500メートルも声を運ぶことはできない。「ソウルボード」でもセリカの魔法はすべて5というレベルであり、その熟練がなせる技だった。

それにセリカは日本人なので基本的な科学の知識があり、火を燃え上がらせるには空気が必要で、逆に押さえ込むのも空気が使えるとわかっているからこそ「風魔法」の扱いが上手だとも言える。魔法と科学をうまく組み合わせて運用しているセリカの魔法は、幅広い上に高性能だ。

「……わかったわ！」

サーラと通話が終わったセリカが言う。

「先行している『キンガウルフ』が警戒して止まっているらしいわ！　なんでも道はずっ

と真っ直ぐで、その先からとんでもない咆哮が聞こえてくるらしいの！」

「咆吼……？」

まずソリューズが考えたのは、それこそがシュフィの言う邪悪で強大なモンスターの咆吼だろうというものだった。イヴルドラゴンのようなモンスターを生み出した存在がいるのでは？　しかし、だ。モンスターが待ち受けているとして、「こっちへ来い」という意味で吠え続けるなんてことはあり得るだろうか？

（違う。この咆吼が意味するところは――）。

今このフロアでなにが起きているのか、わかった。

「その咆吼は、モンスターのものではないんじゃないかな……」

「どういうこと！」

「盟主ゲルハルトの声だということは？」

「!!」

すぐにセリカが再度魔法を使うと、

「……サーラも同じことを言っているわ！　声は、モンスターのもののような感じはしないって！」

「やっぱり……」

ソリューズは自分の考えが当たっていると確信した。

「今、盟主ゲルハルトたちは戦闘中なんだ。その咆吼は、後続部隊への救援要請なんだよ!!」

第6層の道の真ん中で「キンガウルフ」は止まっていた。

「チッ……なんだこりゃ。宝を探索するどころかただの真っ直ぐな道じゃねえか」

アテが外れた、とでもいうようにキンガは舌打ちした。つるりとした壁面や床は殺風景で単調であり、自分たちがどちらから来たのか、ともするとわからなくなる。

あちこちに血痕があるのは戦闘が行われたからだろう。ダンジョンは流れた血や肉を徐々に吸い込む力をもっている。そのためここに来るまで血痕を見ることはほとんどなかったのだが、第6層に至って見るようになったということは、その血が古くないということを意味している。

真っ黒に染まった魔石が道の端にうち捨てられており、先行しているゲルハルトたちが拾わずに置いていったことがわかる。もちろん、こんな禍々(まがまが)しい物体を持ち帰る気にもならずキンガも放置している。

「ねぇ～、キンガ様ぁ～。このまま先に進んでいいことあるんですかぁ～?」

「知るか、バカ女」

イラ立っているキンガはメンバーの女を突き飛ばすが、いつものことなのか女のほうも気にしていない。

「……どうするか」

悩んでいるのは、キンガの「直感」がこの先は危険だと伝えているからだった。キンガもまた実力ある冒険者であり、この「直感」をとても大事にしている。

第5層に戻れば未探索エリアも多く、宝のひとつやふたつはありそうだ。

このフロアは、今までとは明らかに違う。迷路になっておらず、まるで「おいでおいで」をされているような気分だ。いまだかつて経験したことがない「危険」――ランクB冒険者であるキンガであっても「到底かなわない」と思わせるような予感がぴりぴりする。腹立たしいが、キンガとて今の自分よりも強い相手が山ほどいることくらい理解している。

時折聞こえてくる咆吼(ほうこう)がことさら不気味だった。奥には強敵がいるのは間違いない。だが、倒したら財宝が手に入る……。

「………」

その財宝に目がくらんで、身の程をわきまえず強敵に挑み、死んでいった冒険者なんてそれこそ星の数ほどいる。キンガは自分が欲深い人間だと自覚している。それでも死なずに生きてこられたのは自分を理解し「直感」を大事にしてきたからだ。

「チッ。俺らはここらで――」

引き返すか、と言いかけたときだった。

背後から迫ってくる気配に振り返る。

「どいて！」

それが「東方四星」だというのは足音ですぐにわかったが、４人はかなりの速度で駆けている。彼女たちが、なぜ先を急いでいるのかがわからない。

「お、おぉい、ソリューズちゃんよ！　なんで急いでんだ!?　この先は危険――」

追い抜きざま、ソリューズがちらりとキンガを見て、

「先行している獣人軍が戦闘中だ！　救援に入る！」

短く告げて走り去る。

「……は？」

ぽかんとした。

確かに、この奥に強敵がいるのならば先行している獣人軍――ゲルハルトが戦っている可能性は高い。

だがキンガが理解できなかったのは、向こうは軍隊で動いており、自分たちは冒険者だ。いくらなんでも救援なんてできるわけがないだろう。人数からして違うのだから。

「はぁぁぁあああぁ!?」

今さらながら思い知らされた。

ソリューズは、本気の本気でゲルハルトたちを救うべく行動してきたのだと。そしてマリウスもそうなのだと。

キンガは、彼らは「ポーズ」としてそう振る舞っているだけだろうと心のどこかで思っていたのだ。どんなに志高く見えたとて、「冒険者」は「冒険者」だ。自分の力量を正確に測ることができない者はすぐに死に、したたかで、保身に長けた者だけが生き残る。

「キンガ様ぁ、この先危ないんですかぁ？　だったらいったん戻りましょうよぉ」

「ですよぉ。あの女どもにやらせといて、弱ったところを叩けばいいじゃないですかぁ」

「上にいた『蒼剣星雲』もけしかけたらいいですよねぇ」

女たちの言うことはもっともで、まさにこれまでキンガがやってきた振る舞いそのものだった。つまりキンガは鏡を見せられたようなものだった。

どう考えてもそのほうがいい。キンガは今のままでもランクB冒険者なのだから。

――だから君たちはランクがBのままなのだ。

マリウスの言葉が耳によみがえった。

「……クソが」

今までならばなんとも思わなかっただろう。危険を知りつつ先を急ぐソリューズたちを見ても「バカだな」としか思わなかっただろう。

「クソが。クソがクソがクソがクソがクソが！」

だが、なぜだか今日はやたらと腹が立った。

理由はひとつ――キンガの「直感」だ。

ここから先はヤバい。ほんとうにヤバい。

ソリューズはこの危険に気づいていないのか？　そんなはずはない。だというのに、彼女はまったく迷っていなかった。

英雄――。

そんな言葉が脳裏をよぎった。

「……行くか……？」

その判断は危険だった。リスクを考えれば割に合わない決断だ。

だが。

財宝ならばあきらめがつくものの、英雄と称されるチャンスは短く太い冒険者人生のなかで一度あるかないかだということをキンガは知っている。

その迷いは、もともと自己顕示欲の塊（かたまり）であるキンガにとって致命的な迷いだった。「ふだんならば迷わない」ことに「迷っている」のだから、それこそが自分の判断力が鈍っている証拠であるといえる。冷静になれば解決できるのに冷静になれない。

「キンガ様ぁ？」

「…………」

「どうしたんですかぁ？」

「……いや」

左右から美女にのぞきこまれたキンガは、

「ねーわ。ないない。こんなことに命を懸けるなんてバカもいいところだ……」

顔に力を入れて口の端を上げてみると、すこしは皮肉な笑顔ができているはずだ。建前も、続けていれば本音になる。これでまた「キンガウルフ」は危険から遠ざかったとキンガは確信した。

「――すまないが、通してくれないか」

そこへ、息を切らしてやってきた一団がいた。マリウスを先頭とする「蒼剣星雲」だった。

「この先に邪悪なモンスターがいるようだ。我々はその討伐に取りかかる。リーザが言うには、そのモンスターが邪悪の根源かもしれないということだ」

聞いてもいないのにマリウスは説明する――おそらくキンガに向けて。

マリウスたちは当然のように、ソリューズたちと同じように邪悪なモンスターを倒すという。ゲルハルトの救援に入るという。

「『東方四星』を見なかったか？」

「…………ッ！」

キンガの表情が強ばったのを見てマリウスはなにかを察したようで、小さく息を吐いて「キンガウルフ」の横を通り抜けていった。

「……マリウス、待てや」

キンガが言うと、マリウスは足を止めた——こちらは振り向いていない。

「お前らマジで、軍の手助けになるとでも思ってんのか？　その人数で？」

「…………」

マリウスはすこしの沈黙の後、

「我らは『蒼剣星雲』だ」

ただそれだけを言った。

たったそれしか言わなかった。

そうして彼らは去っていった。

「……はぁ？　なに今のぉ」

「ワケわっかんないよねぇ。そんなこと言ったらウチらだって『キンガウルフ』だっつうの」

「きゃはは、言えてる～」

女たちはそんなことを言ったが、キンガにはマリウスの言わんとしたことがわかった。

彼らは「蒼剣星雲」であり、彼らは「ランクA」だ。

そこにあるのは、揺るぎない自信であり、矜持であり、信念だ。

キンガも冒険者としていくつかのランクAパーティーを見たことがある。ランクBとAは、ランクひとつの差でしかないが、その差は――歴然だ。

ランクAは歴史に名が残るが、ランクBは残らない。

名を残すような偉業をなす者が自然とランクAになる、と言うほうがしっくりくるかもしれない。

マリウスは背後を一顧だにせず去った。彼はその先にある戦場しか見ていなかった。危険を十分に把握した上で、マリウスは、自分たちならばなんとかできると信じている。ただの自信過剰ではないだろう。マリウスの持つ魔剣「蒼の閃光」はそれだけの攻撃力を持ち、キンガにはない絶対的な力だった。

「……クソが」

ソリューズにも「太陽剣白羽」というすさまじい武器があり、他の冒険者からは「そんな武器があればそりゃランクBくらいすぐになれる」と陰口をたたかれていた。だが今のソリューズは「太陽剣白羽」を持っていないと聞いている。

そのソリューズも危険へと飛び込んでいった。マリウスよりも先にだ。

「……クソが!!」

まざまざと見せつけられた「差」に、声を絞り出した。

「キンガ様……？」

先ほどとは様子が変わったキンガに、女たちは一歩後ずさる。

キンガは気分屋で、すぐに感情を表に出すのだが、今のキンガの感情は彼女たちが見たことのないものだった——それはとてつもない怒りだった。

「俺を、ナメるんじゃねえ……!!」

そうしてキンガは仲間に号令を下す。この先のボスを倒し、アインビストの「獣人王」とも呼ばれるゲルハルトを救うのだと。そして大迷宮を制するのだと。

不安そうだった女たちも、キンガが本気でそう言っているとわかると盛り上がった。キンガならできるだろうという根拠のない信頼もあった——男たちは暗い顔だったが。

「キンガウルフ」はマリウスたちの後を追うのだが、キンガは気づいていなかった。

英雄的な行動は伝染するのだ。

ソリューズが見せた行動が、キンガの心に火を点けていた。

この感情を人は「勇気」と呼ぶのだろうが、あるいはこうとも言う——「無謀」と。

「18」という数字が壁に大きく描かれていた。

第37層がスタートだったのでようやく半分まで来たという思いと、まだ半分しか来ていないのかという思いと、両方を感じていた。

ヒカルがこの迷宮に来て5日が経っていた。

「思えばいろいろあったな……」

各層はバラエティに富んでいた。

火山もあれば氷山もある、海もあれば――ご丁寧に海水は塩味だ――川もある。どうやって維持されているのか見当もつかない耕作地もあれば、無人の村落もあった。丘陵地帯、干潟、沼、鍾乳洞……およそ思いつく限りのフィールドがあり、そこには多くの生き物がいた。

見たことのある生き物もいればないものもいた。ヒカルは食料確保のために獣や魚を獲ったが、息絶えても魔石に変化しなかったので、ダンジョン産のモンスターではなく、本・物・の生き物だった。

今、ヒカルの目の前には焚き火があって、串に刺さったトカゲだかドラゴンだかわからない肉が焼かれている。脂がしっかりのっていて、火にあぶられるとそれが滴ってじゅうじゅう音を立てている。なかなかいいニオイだった。

岩に開いた洞窟があって、そこで焚き火をしているのだ。ヒカルの背後10メートル先には洞窟の出口があるのだが――その先は断崖絶壁。下を見ると雲の上だった。

ダンジョンの中で雲の上にいるというのがよくわからないし、頭がおかしくなりそうだったが、高山特有の空気の薄さも感じられる。洞窟の先に見える「18」という数字がなければ、ほんとうにここがダンジョンではなくどこぞの山の上なのではないかと錯覚してしまう。

「なんなんだよここは……」

ヒカルはぼやく。離れたところに20メートルはあろうかというトカゲだかドラゴンだかの死体が転がっている。こんなに食べきれないが、このフロアには他に食べられそうな生き物がいなかったので仕方がない。

「とりあえず食べるか」

肉が焼けたらしいのを確認し、ヒカルは串の1本を手に取った。途中で見つけた岩塩を振って、かぶりつく。

「あちちちち」

肉汁が滴るが、なかなかの味だ。歯ごたえこそ鳥胸肉のように筋を感じるが、含まれている肉汁が口いっぱいに広がる。粗野なニオイもない、純粋に美味い肉だった。

このまま持って帰りたいなぁと思うが、数日で腐ってしまうだろう。

「食べにくいから切るか」

ヒカルはナイフを取り出して、肉の一部を切り取って口に運んだ。やはり美味い。

「……このナイフ、便利だな」

宝箱で見つけたものだった。刃渡り15センチほどで、太さも人差し指くらいという果物ナイフのようなシンプルな形状。

ただし柄から刃まで一体化した形状であり、象牙のような、白とベージュの中間色だった。最初はそれこそまさに象牙ではと思ったのだけれど、とんでもなく斬れる。トカゲだかドラゴンだかわからない生き物を仕留めたのもこのナイフだし、岩の壁面も削ることができる。折れたらもったいないからあまりテストはしたくないが。

実を言うと、ヒカルが手に入れたのはそれだけではなかった。

ビニールのように薄く滑らかなマントは、その薄さでは考えられないほど温かく、銀河を閉じ込めたようなきらきら光る大きな宝玉で留められていた。

紫色の革でできたリュックサックは、見た目こそ薄気味悪いのだが信じられないような効果があった。見た目よりも奥が深いのだ——中の空間がねじ曲がっているとしか思えない。なんらかのマジックアイテムなのかどうかよくわからないが、空間がねじ曲がっているだけで重量は軽くならず、その深さも見た目の3倍くらいある程度だった。

だけれどおかげで、長剣を1本そこに格納できた。

「長剣は僕には扱えないけど……長さがあるといろいろ便利なんだよな」

その長剣は、鞘に魔石が埋め込まれた美しいこしらえだった。剣を抜いてみるとほんのりと刀身に魔力が宿っているのが、「魔力探知」がなくとも見て取れる。

剣の色は赤い。真っ赤っかだ。武器に詳しくないヒカルが見てもすばらしい逸品だということはわかるのだが、

「高いところにある果物とか落とせるし、立て掛ければ踏み台にもなるし」

ヒカルにとっては「よく斬れる便利な長い棒」だ。

いずれにせよ、マントのおかげで日本の服を着ている姿は隠せるし、宝物を拾っても収納できるリュックが見つかったのはなによりだった。

そして収穫はそれだけではなかった。

「滞ってた『魂の位階』上げが一気に進んだな」

そう、食料調達のつもりで狩りをしていると「魂の位階」が上がったのだ。日本では狩猟なんてできないし、それ以前のクインブランド皇国での立ち回りや「呪蝕ノ秘毒」災禍などなど、ヒカルの「魂の位階」は入手するたびに使用されており、ヒカルとしてはポイントの余裕がどうしても欲しかった。

期せずして、このダンジョンでそれが得られたのだからニコニコ顔になってしまう。

「まあ、僕としては巻き込まれた身だからこれくらいのうまみがないとやってられないよな。何にポイント振ろうかな～」

すでにここに至るまでに4ポイントを得ており、ヒカルはそのポイントをどう使うべき

かシミュレーションしていた。

「『生命力』関連は生き死にに直結するから大事だし、『魔力』もロマンがあるよな。僕の強みである『隠密』を生かすなら『敏捷』カテゴリーだけど――ん？」

　そのとき「18」と書かれた壁面の数字の下に、文字が浮かび上がったことにヒカルは気がついた。

「文字……？」

　近寄ってみるとそこにはこう書かれている。

『正気？　帰るの？　ここは「ルネイアース大迷宮」だって言ったでしょ』

　え？　と思った。

　だがこんなメッセージを送ってくるような人物、送ることができる人物はたったひとりしか思い当たらない。

「ソアールネイ……なんのつもりだ？」

　ヒカルは声を掛けたが、びゅううと吹き抜ける風の音しかしなかった。

　すると文字が追加された。

『ここはサーク家の叡智が集まる場所。少なくとも魔術をかじったことのある者ならば興味をいだくようなものがたんまりある。だというのに帰るとはどういうこと？　もしかして私の言葉が理解できなかった？　あなたが向かっているのは上層、つまり出口よ。壁に書かれた数字は階層数を示していて、これがゼロになると地上に出るということよ』

「わかってるよ、そんなこと！」

ここにヒカルがいることを知ってて書いているのか、あるいは知らずに全階層に向けてメッセージを送っているのかはわからないが、

「帰るんだっての！　ほっといてくれ！」

ヒカルが叫んでも、なんの反応もなかった。

「……もういいや」

ヒカルは無視して階段を上って第17層へと出た。そこに広がっていたのは——大海原(おおうなばら)だった。

「マジかよ……」

一面の海である。上方には青空があり、人工太陽の光を映じて波がキラキラしている。

ヒカルの足元が固い地面になっていて、左右にフロアを造る壁が広がってさえいなければ、ここがダンジョン内だということを忘れそうだ。いや、むしろここがダンジョンであると思い知らされるせいでますます脳内がバグッてしまう気がした。

「ん」

すぐ横の壁面には巨大な「17」の数字が描かれていたが、その下に突然文字が浮かび上がった。

『ちょっと、第18層の文字を見なかったの？　それとも見たのに無視してこっちに来たの？　ふざけないで』

「………………」

ソアールネイが書いてきたらしい。

そのうざったい文章にイラつきながらも、ヒカルはソアールネイによる監視がどのように行われているかを知った。

まずヒカルがいるフロアくらいはわかるが、行動のひとつひとつまでは確認できないらしい。ずいぶん大雑把(おおざっぱ)な監視態勢だと言える。

このメッセージもピンポイントで送ってくるようだが、各フロアの数字の下に出せるようだ――これはヒカルが「魔力探知」で細かく確認したところ、数字のあるあたりは文字を表現できる魔術式が組み込まれているのがわかった。

各フロアの入口と出口にある、フロアナンバーを表示する数字のところだけが、ソアールネイにとってヒカルに連絡をとれる「伝言板」なのだ。

『そこは第17層。そのまま上に戻ると地上に出てしまうのよ！　大体そこは海のフロアだから戻ることはできない、だって人間が泳いで渡るにはキツい距離があるし。その出口から正反対にある入口には遊泳用の服を置いてあるけど、出口から来たらそれを使うこともできない』

「…………」

むすっ、とした顔でヒカルは文字を見つめていた。

「『遊泳用の服』がある、だって？　なんていう『罠』だよ……」

今、ヒカルの「魔力探知」は海中に潜んでいる巨大な魔力を捉えている。上空から見ればはっきりわかるだろう、出口である第18層へと続くこの場所のすぐ前には——体長数十メートルという巨大魚が身を潜めている。

「波があって風が吹いている以外には生き物の気配はない。パッと見はね……。だけどただ泳いでいけばいいと勘違いして海に飛び込めば、そこには大量のモンスターがいることになる」

水中での戦闘は地上のそれとは比べものにならないほど人間にとっては不利だ。剣を振るってもふだんの数分の一しか速度が出ないし、「火魔法」と「風魔法」は使えず、「土魔法」は水の抵抗に遮られ、「水魔法」ならば周囲を巻き込んでしまう。

海での戦闘に特化した——それこそ漁師のような——者でない限り魚に食われてしまうのがオチだ。

つまるところ「泳いでこい」と言わんばかりの「遊泳用の服」は、それ自体が「罠」なのだ。

『ところで』

続きの文字が現れた。

『いったいどうやってそこまで戻ったの？　ソロの冒険者が通れるような生やさしい場所ではなかったはずだけど。運がよかったの？　それならうなずける。運がいいから宝箱も見つけられたってことでしょ。あーあ、宝箱にトラップを仕掛けなかったことが悔やまれる』

「……こいつ、バカなのか？」

ヒカルはつぶやいた。

「この先の宝箱にもトラップはないと言っているようなものじゃないか。まあ、開ける前にちゃんと調べるけどな」

ソアールネイには迂闊なところがあるとヒカルは感じていた。「その出口から正反対にある入口には遊泳用の服を置いてある」と言っているが、それは「出口から真っ直ぐ泳げば入口に到達できる」と言われているに等しい。

もしかしたら真っ直ぐ泳ぐルートがいちばん危険で、ソアールネイとしては壁伝いに泳ぐという安全策を取られたくないから言葉の罠を仕掛けたのかもしれないが、ヒカルとしては十分ありがたい情報だった。

なぜならソアールネイはヒカルが「隠密」の使い手であることを知らないからだ。この海のフロアに用意されている危険——海棲モンスターの危険は、ヒカルにはゼロである。

「はぁ……めんどくさ」

ヒカルは服を脱いですべてリュックに放り込むと、その口をしっかりとしめた。まさかこんなところで素っ裸になるとは思わなかったけれど、ソロだったからまだよかったかもしれない。もしラヴィアでもいたら——。

「……ラヴィアの真っ白な肌と海か……ちょっと見たかったかも……」

つぶやいて、ヒカルは海へと飛び込んだ。水温はちょうどよい。

真っ直ぐに泳いでいく。

泳ぎは得意というわけではなかったが、下手でもない。さらには「ソウルボード」で基礎的な能力値をアップしているのですいすい泳いで行く。

（向こうに着いたら魚を何匹か仕留めておこう。海の魚は美味しいからな〜）

そんなことを考えている間は平和だったが、第16層に到達するとまたもソアールネイからの「なんで」「どうやって」「ふざけるな」という粘着質なメッセージがヒカルを待ち受けていた。

第49章　第6層の死闘、そして「強さ」とはなにか

世界を騒がせている「新たな異世界人」について、その出現の舞台となった堂山邸には多くの人々が集まっていたけれども、反対側——JRの駅を挟んだ反対側はひっそりとしていた。

のんびりした時間が流れるこの地方都市を、葉月はひとり歩いていた。

「……ここね」

看板に書かれている「喫茶ペンギンフロート」という文字はだいぶ年季が入っていて、入口の引き戸を開けるとからんからんと鈴の音が鳴った。

落ち着いた照明が照らし出す、これまた年季の入ったソファとテーブルはまさに純喫茶という雰囲気で、カウンターのスツールに常連らしいふたりの老人が座っておしゃべりをしていた。

「いらっしゃい……ああ、待ち合わせかな」

年配のマスターが気づいて、葉月を案内してくれたのは店のいちばん奥のボックス席だった。そこにはすでに先客が座って、クリームソーダを飲んでいた——いや、アイスクリ

ーム部分を食べていると言ったほうがいいだろうか。チョコレートでペンギンの顔が描いてあるのだが、そこをスプーンですくって舐めている。

この真冬にそんな冷たいものを……と思った葉月だけれど、店内は暑いくらいに暖房が効いていて、冷えた身体が温かくなるにつれて自分も同じものを欲しくなりそうだった。

「あ……こんにちは」

彼女の黒髪はウィッグだろう、以前見たときには美しい銀髪だったから。そう、この世界にはあり得ないような色だった。

「こんにちは、ラヴィアさん」

黒を基調としたフリルとリボンの多い「地雷系」なんて呼ばれるファッションを、浮世離れした美少女が完璧に着こなしているのを見て、葉月は驚きを通り越して感動すら覚えていた。ファッション系のインフルエンサーにラヴィアの存在を伝えて、世界中に拡散してほしいと思えるほどの着こなしだ。

マフラーとコートを脱いで、葉月はラヴィアの向かいに腰を下ろした。

「昨日は、突然電話してしまってごめんなさい」

「いいえ。私こそ……」

言いかけた葉月のところにマスターが水とおしぼりを運んでくるので、

「あ……彼女と同じものを」

クリームソーダを思わず注文してしまった。マスターはにこりと微笑んで、かしこまりましたと言った。

なんだか喉が渇いていて、水を口に含むと頭もすっきりとしてきた。

「私こそ、急にこっちに来たいなんて言ってしまってごめんなさい」

セリカのスマートフォンから着信があり、向こうの世界に戻ったと聞いているセリカがどうして——と思って出てみると、発信者はラヴィアだった。

ラヴィアは葉月に、今すぐ会いたいのでそちらに向かいたいと言った。ヒカルが急にいなくなったことも説明された。だがこの「新たな異世界人」騒ぎの中、ラヴィアがたったひとりで出歩くのはあまりにも危険だから、葉月は自分が藤野多町に行くことにした。

実のところ葉月も、セリカがこちらに戻ってきたことの騒ぎであちこちのメディアに顔が出てしまったりもしたが、異世界人本人でもないし未成年でもあることから各種メディアは露出を控えた。その代わりにセリカや「東方四星」が顔を出したので、葉月の顔はうまいこと世間から忘れられていった。

今の状況を思えばなにか手を打たなければならない。ラヴィアは向こうの世界の人であり、ヒカルがこちらの世界での保護者みたいなものだというのに、そのヒカルがいなくなった。

それに日都新聞社の佐々鞍綾乃という人物についてもだ。彼女についてはなにがなんだかよくわからないというのがラヴィアの感想だったし、ラヴィアにわからなければ葉月にはもっとわからなかった。

なにから話せばいいのか、そもそもなにかできることはあるのか、考えあぐねた結果、お互い向かい合って座ってもなにも言葉が出てこなかった。

「おまちどおさま」

マスターがクリームソーダを運んできた。メロンソーダの上にバニラアイスが乗っていて、チョコレートでペンギンの顔が描かれている。

可愛くて食べるのがもったいないようなものだったが、

「これ、美味しいですよ」

とラヴィアが言ったので葉月もスプーンでアイスをすくって口に運んだ。

「わざわざ来てくださってありがとうございます」

アイスの冷たさと甘さを舌の上で味わっていると、先にラヴィアが言った。

「ご面倒をおかけしますが、しばらくいっしょに行動してもらえますか？」

「それは……構わないけれど、いっしょに行動する？　しばらく？」

「『世界を渡る術』についてはどこまでご存じでしょうか」

「……全然。最初から知らないほうがいいってセリカにも言われていたし。ただ、私の近くに亀裂が現れることくらいしか……」

ラヴィアがうなずく。

「それで十分です。ヒカルが向こうの世界で『世界を渡る術』を実行したら、わたしかあなたの近くに亀裂が出現すると思うから」

「どういうこと……？」

「『世界を渡る術』は魂と魂が引き合う力を利用しています。つまりヒカルと縁が深い人物の近くに亀裂が出現するということになります」

「え？　それならご両親とかになるんじゃ」

「……ほんとうにそう思います？」

ラヴィアに見つめられ、葉月は一瞬息を呑んだ。

ちゃんと会話をするのは初めてだし、黒髪のウィッグをつけているうえ日本語が流暢だからこそ忘れそうになってしまうけれど——ラヴィアは向こうの世界の人間だ。友人のセリカが多くを語りたがらなかった向こうの世界は、葉月が想像している以上にずっと厳しいもののはずだった。

ラヴィアは、葉月を探るような——どこか不安そうな目をしていた。

「いえ……ヒカルくんはご両親と不仲だったから。でも、だからって私になるのかしら。セリカと私は仲のいい友だちであったとは思うけれど」

「……ヒカルが最初に『世界を渡る術』を実行したときに、あなたの家の前に亀裂が現れたと言ってました」

「えっ」

それは初耳だった。

葉月は自分がセリカの友人だから、「セリカの亀裂」が自分の近くに現れるのだとばかり思っていた。ヒカルも同じとは知らなかったのだ。

「そ、それは……どうして？　セリカやヒカルくんだけでなく、私になにか特殊な事情があるとかではなくて？」

「魔術の根本を理解しているヒカルがそう言っているから、間違いないです。あなたはあなたが思っている以上に、ヒカルにとって大切な人なんです」

「…………！」

2年近く、ヒカルと離れていた。彼を忘れていたかと言われれば、そんなことはない。折に触れて思い出したし、あの、聡明ながらどこか危なっかしさを感じる少年がどこでなにをしているのか気にはなっていた。

でも彼とは中学時代に先輩と後輩だっただけで——中学時代の学年差は大きくて、お互いにつかず離れずの距離をおいていたはずだ。

同い年だったら全然違う出会い方、付き合い方をしたかもしれない。それはもしかしたら友人関係かもしれないし、敵対関係かもしれないし、恋愛関係かもしれなかった。

とはいえそんな仮定の話は意味がなく、ヒカルはヒカルで生きていて、葉月は葉月で生きていた。たまたま中学時代のあのとき、人生の時間が交差しただけだった。実際のところ葉月は、日本のヒカルが交通事故に遭って死んでいたということすら知らなかったし、それをセリカから教えられて、でも魂は生きていて、ヒカルは新たな肉体を手に入れたとわかったものの、どういう感情を抱けばいいのか戸惑ったくらいだった。

「私が……」

どこか照れるような、戸惑うような感情を葉月は覚えた。

でもその感情は、ただ過去を懐かしく思うようなそれでしかなかった。

葉月は、目の前にいる少女を――葉月を観察しつつ不安さを隠しきれないラヴィアを見つめた。

「……それなら、今はきっとあなたの近くに亀裂が現れると思うわ」

葉月の口からは自然とそんな言葉が出た。

「私、思うの。あなたのような人がいてくれてよかった、って」

「よかった……？」

「ええ」

言葉と同じように自然と、葉月は笑みをこぼした。

「ヒカルくんのそばに、あなたがいてくれてよかった」

正直なところを言えば——ラヴィアは怖かった。

ヒカルは葉月について話してくれていたが、それらはあくまでも「世界を渡る術」を実行するにおいて、どうして葉月の近くに亀裂が現れるかに結びつく情報だった。ヒカルは両親とは心の距離ができていたし、他に友だちらしい友だちもいなかったという。

ただ心の奥に、忘れることのできない熾火（おきび）のような葉月との思い出があったのだろう。それは淡い恋心だったのではないか——ヒカルの初恋なのかもしれないと当然思い当たったとき、ラヴィアは葉月を恐れた。こちらの世界で一度だけすれ違ったときに見た彼女は美しく、ヒカルの隣に立つのにふさわしいんじゃないかと思ったほどだ。

でも、こうして連絡を取った。

それはひとえに、葉月と自分、どちらの近くに「世界を渡る術」の亀裂が出現するかわからなかったからだ。

葉月とこうして話すのは初めてで、彼女がなんと言うかは見当もつかなかった。だから、まさかこんな言葉を聞くことになるとは思いも寄らなかった。

『ヒカルくんのそばに、あなたがいてくれてよかった』

そう言って微笑（ほほえ）んだ葉月を美しいとラヴィアは思った。どこか陰のある美少女で、目立つくらいなら日陰で死んだほうがマシとでも言いたそうなところはヒカルによく似ている。そんな彼女が本来持っている優しさがにじみ出ていた。

「それって……どういう意味でしょうか」

思わずたずねてしまうラヴィアに葉月は、

「私は全然魔術のことなんてわからないけれど、あなたはヒカルくんが必ず『世界を渡る術』っていうのを実行してくれると信じているんでしょう？」

「……はい」

「それってすごいことだと思う。世界を越えても、ヒカルくんを信じているあなたのあり方が」

「そう……でしょうか」

「うん、そうだよ」

ラヴィアはなんと言っていいのかわからなかった。すると葉月が、

「私とあなたがいっしょにいればいいんだよね？」

「そうです」

「それじゃ時間はいっぱいあることになるね」

「あ、でも……藤野多町からは離れたほうがいいと思います」

「それには同感。じゃ、行こうか」

葉月は立ち上がった。

「向こうの世界のこと、いっぱい教えて。私の知らなかったヒカルくんのことも――」

このときラヴィアははっきりとわかった。葉月は、ラヴィアの心の迷いを見抜いた上で、ラヴィアを応援してくれるのだと。

（そうなんだ。亀裂が葉月さんの前に現れたのは、葉月さんだからこそ、なんだ……）

ちゃんと話すのは初めてだというのにラヴィアは、この葉月という少女が見た目に反してとても頼れる人なのだと感じ、もっとこの人のことを知りたいし、自分のことも知ってほしいと思うようになっていた。

こんな人だからこそ、ヒカルが葉月を――いや、ヒカルだけでなくセリカもまた葉月を心のよりどころにしていたのだろう。

「はい！　もちろんです！」

ふたりはこうして行動をともにすることになった。

堂山老人に東京へ戻ることを報告すると、老人はすこしだけ寂しそうな顔をして、「もうここに来ることはなかろうが、なにかあったらいつでも連絡してきなさい」と、孫でも見るような目でラヴィアにそう言った。

数日間いっしょに過ごした堂山老人にラヴィアも、「必ずまた来ます」と応えて、葉月とともに東京へと戻った。

しかし想定外だったのは、それから何日もヒカルから連絡がなかったことだ。ただ、冬休み期間だということもあって葉月には時間があり、ふたりは姉妹のように東京のあちこちに出没した。

するとそれに気がつく人々も現れる。

ほんの短い期間、メディアに現れた葉月の顔を覚えている人なんてのは筋金入りの異世界ウォッチャーだし、そんな葉月を街中で見かけた彼らは、その横にいるのが黒髪の目を瞠るような美少女だと気づき、「新たな異世界人」ではないかと推測した。

ウワサが広まった。

だが都市伝説的な扱いではあった。まずラヴィアが黒髪で、流暢な日本語を操っている時点で「新たな異世界人」ではないというもっともらしい意見が支配的だった。これまでの異世界人であるソリューズたちが一切日本語を話せなかったことが効いていた。

とはいえ、日都新聞の「日の丸コンビ」はその情報に注目する。

「ヒカリちゃんだ!!」

スマホでその情報を発見したときに藤野多町の居酒屋で叫ぶと、向かいに座っていたデスクの鉄拳が飛んできて撃沈した。

彼らはいそいそと支払いを済ませると大急ぎで藤野多町から東京へと戻っていったのだが——実はこの居酒屋、世界中のメディアの記者が集まって、藤野多町でまったくネタが手に入らないことを嘆く一種の社交場となっていた。そんな他社の記者たちが日都新聞の動きに注目しないわけがない。

「『ヒカリちゃん』ってなんだ」

「まさかとは思うが、『新たな異世界人』に関する情報か？」

「日都新聞がどうして先にネタを握ってるんだよ」

「よくよく考えるとデスクがここまで出張ってきているのはおかしい」

「おかしいぞ」

「おかしいな」

「これはにおう」

「ヤツらを追うぞ……！」

「ヒカリちゃん」という単語、そして、「日の丸コンビ」へと記者たちの注目が集まっていく――。

　スクープ合戦の舞台は藤野多町から東京へと移りつつあった。

――おかしい、こんなはずではなかったのに。

　ポーラは頭を抱えていた。

見た目は質素ながら裏までしっかりと複雑な意匠が彫り込まれたイスに座って。

ぴかぴかになった教会内の長椅子にはみっちりと信徒が腰を下ろし、祈りを捧げている。後ろの壁際のみならず通路も、跪いて祈りを捧げる信徒でいっぱいだった。ちなみに言えば教会の外にも多くの信徒が詰めかけている。

深夜だというのに。

いや、深夜にしか彼らは集まらない。

「おお、『彷徨の聖……』げふんげふん、仮面様があんなにも真剣に祈ってくださっている」

「きっと我らの祈りが叶うよう、祈ってくださっているのだ」

「そうに違いないわ」

信徒のささやき声が聞こえてくると、ますます頭を抱えてしまう。

「なんという苦しそうな……まさに聖人として苦しみを一手に引き受けたようなお顔」

——そりゃね！　こうなると思ってませんでしたからね!?　悩んでるんですよお！

心の中で叫んでしまうポーラだが、ちらりと横を見ると、最初に治療した下町の老人が満足げな顔でうんうんとうなずいているのが腹立たしい。

祈りたいから集まる、と言われればポーラとしては断ることもできない。だが1日ごとに人が——ネズミ講のように増えていくのを見たポーラは戦慄し、「もう来ません」と告げると、おんおんと泣かれた。

逃げ道は塞がれていた。

善良な彼らは、決してポーラに治療を求めない。ではなぜ集まるのかといえば、先日王都を襲った「呪蝕ノ秘毒」――信徒たちに言わせれば「黒腐病（こくふびょう）」の記憶が生々しいことによる。

あの災禍では教会や治療院が頼りにならず、重篤な患者を「彷徨の聖女」が救ってくれたのをみんな知っている。教会に行って祈るくらいなら、「彷徨の聖女」に祈りたいと思うのは当然だった。だから、彼女が人目をはばかるように深夜にしか来ないのだとしても、信徒は深夜に集まるのである。ちなみに日中は、子連れの親がやってきて祈りを捧げている。

「…………」

ここにいる全員が、聖女――自分のために祈りを捧げていると思うと、ポーラの全身から冷や汗が噴き出す。その圧に耐えきれず、

「あ、あのっ」

「――皆の者！　聖女様がお話しになる！」

老人の言葉に、ただでさえ静かだった教会内がしんと静まり返る。それどころか近隣一帯の音が絶えたかのような静けさが訪れた。

「…………」

そういうところ！　そういうところをやめてほしいんですぅ！

と言いたいが、言い出せる空気ではなかった。信徒たちがきらきらした目でこちらを見ている。

（ああ、ヒカル様、どうしたらいいんでしょうかっ……⁉）

困ったときは神ではなくヒカルを思い出してしまうポーラだったが、ふとそのとき気がついた。

（ヒカル様……そうです、ヒカル様です！　ヒカル様と連絡を取るために「世界を渡る術」を使わなければならないんです！）

今この世界にいない——とポーラが思っている——ヒカルのことを思い出すと元気と勇気が湧いてきた。

ポーラは言った。

「私は、精霊魔法石を探しています。できるだけ大きいものです。もし、持っている方がいらっしゃったら譲っていただけませんか？　お金はもちろんお支払いしますので！」

しん、と静まり返っていた。

だがこの言葉は衝撃的だった。

誰からの謝礼も受け取らず、こうして捧げられる祈りさえも「受け取れない」とばかりに肩身狭くしている「彷徨の聖女」が、ついに自らの望みを口にしたのだ。

あらゆる治療院がさじを投げた、治療不可能とされた患者を何人も治した「彷徨の聖女」の望みを聞いて、奮い立たない信徒はここにはいない。

「皆の者、聞いたか」

下町の老人が――いつの間にかまとめ役みたいなところに収まっている老人が言うと、信徒たちは無言で立ち上がった。そうしてぞろぞろと教会を出て行ったのである。その言葉だけで十分だ、とでも言いたげに。

「え、え……え？」

ポーラはワケがわからなかった。

これだけ人がいるのだからひとりくらい、そこそこ大きい精霊魔法石を持っているんじゃないの？　くらいの気持ちで聞いてみたことだった。だけれど誰からの反応もなく静寂だけがあって、まさか誰も持っていない？　いや、聞こえなかったとか？　う～ん？　と悩んでいたところへ、下町の老人の言葉に応じてみんな出て行ってしまったのである。

「聖女様」

老人は言った。

「ご希望の品はすぐにそろうでしょう」

満面の笑みで。

王都ギィ＝ポーンソニアに新たな裏組織が誕生した——というウワサはひっそりと、しかし着実に広まっていった。

「なんだそりゃ。裏組織っつったって集まってるのが下町の人間だけってのか？　それのどこが裏組織なんだよ」

「いやそれがよ、親父。どうもそのトップを張ってる女が、仮面を着けてるって話なんだ。しかも組織の名前が『彷徨える光の会』」

「その名前は……!?」

ウワサは王都を越え、衛星都市ポーンドにまで聞こえていた。蛇の道は蛇とはいうが、同業者のウワサは早く伝わるのである。

ポーンドの裏社会……というより、グレーゾーンを手広く扱っている「バラスト商会」の先代商会長ドーマ＝バラストは、一度は病で死にかけた老人だった。それを救ってくれたのが仮面を着けた修道女——「彷徨の聖女」だ。

今、ドーマにそれを報告している現商会長エドワード＝バラストは機転が利くタイプではあったが、荒事は苦手。エドワードの兄であるサーマル＝バラストはケンカの名手だが駆け引きができないタイプ。そのふたりの派手な兄弟ゲンカがあったのはつい先日のことだが、今では兄弟仲も元に戻り、先代ドーマと、サーマル、エドワードの3人が「バラスト商会」を切り盛りしている。

そんな彼らは、ドーマを治療し、家族を再びひとつにしてくれた恩のある人物、冒険者ヒカルとポーラ、それに「彷徨の聖女」を探していた。礼をしたいのに彼らはいつの間にか姿を消してしまったのだ。

「王都にはサーマルがいるな？」

ドーマの問いにエドワードがうなずいた。

「サーマルに伝えろ。その仮面の女が『彷徨の聖女』様なのかどうか確認しろと」

こうしてポーンドの荒くれ者が動き出した。


ポーンドにその話が聞こえるくらいなのだから、王都内ではもっとウワサが広まっていた。それは裏の世界だけではなく、表の世界においてもだった。

「服装の乱れは心の乱れェ！　貴様、よもや法を犯してはおらんだろうな!?」

「犯してはおりません!!」

「ではネクタイが曲がっていた咎で懸垂30回を命じる！」

「ハッ！」

深緑色の制服は堅苦しいと思えるほどに襟元が詰まっており、男は角刈り、女はおかっぱと髪型まで決められると「ここは軍隊か？」と思ってしまうのだが、軍隊のほうが規律は緩やかという始末である。

狭い部屋には同じ制服に同じ髪型、異なる髪色の男女が50人ほども詰めており、デスクに向かっていた。積まれている書類の処理や検討を行っている彼らは、ポーンソニア王都長官直属特別捜査官チームだった。先代ポーンソニア王と側近たちのやらかしによって貴族の無法がはびこったのだが、それを現女王のクジャストリアはよしとしなかった。貴族による不正を暴き、法に従わせるには杓子定規とも言えるくらい清廉潔白な人材が必要で、さらにはその人物に強力な捜査権を与える必要があった。

結果として、王都長官直属の捜査チームを置き、トップの司令官にはちょっとのミスも許さない極端とも言える男を配置した。

「ネクタイが曲がっている」というだけで懸垂させられている捜査官を満足げに見やった司令官は、デスクに置かれていた報告書を確認した。

「ん……？　なんだね、これは」

報告書を書いた捜査官はびくりとして司令官のデスクにやってくる。誤字1字につき懸垂10回が命じられるので、彼の広背筋は鍛え上げられ、そろそろ翼でも生えそうなほどに盛り上がっている。

「な、なにかおかしな点がありましたでしょうか」

「王都の裏組織の情報など、我々には必要ないだろう？」

司令官は報告書をぴしりと指で叩(たた)いた。

まずい、これは懸垂100回コースだと捜査官は顔を青くする。

「そ、それがですね、本件は王都中央教会と魔道具ギルドから別々に上がってきた案件でして、難易度の高い案件であることから治安本部ではなく特別捜査官チームに捜査をお願いできないかということでした」

実を言うと、この組織、最近は少々ヒマであった。

汚職に手を染めていた貴族たちの処分はあらかた終わり、現場で捜査をする彼らの仕事はどんどんなくなっているのである。

処分が出てしまえば、あとは資料をまとめて保管するくらいのものだ。

女王クジャストリアは人手不足の中での王国運営に毎日を忙殺されているが、そのせいでこのチームを解散させることを忘れてしまっていた。

しかしチームの司令官にとって、女王陛下のお心を推し量るなどおこがましいことこの上ない。

もともと、法に忠実で潔癖だったこの司令官は、腐った貴族たちからすると扱いにくいため、左遷されて冷や飯を食わされていた。そんな彼を抜擢(ばってき)してくれたのが女王陛下である。与えられた責務を日々果たしていくことだけが報恩の道だと信じていた。

「難易度が高い案件……」

本来なら「筋の違う」案件に取りかかるはずもないのだが、難しい仕事と聞けば、それをやり遂げてこそ報恩ではないかと思ってしまうのもまたこの司令官だった。

「そ、そうなんですよ。ウチで取り組むべきでは？」

ヒマだが休むことさえ許されず、一度整理が終わった資料を再度ひもとき、もう一度整理し直すという作業を10回も繰り返してそろそろ頭がおかしくなりそうな捜査官は、新しい刺激に飢えていた。奇しくもふたりの希望は一致していたのである。

「……ふむ。魔道具関連のマーケットにおいて、精霊魔法石がすべて消えたというのか。それでギルドは困っていると。その動きは教会に対抗する『彷徨える光の会』という組織が行っており、教会としては信徒を取られて業腹だということだな？」

「そのとおりです」

「この組織が裏社会のものだという証拠はあるのかね？」

「教会とギルドはそう主張しています。精霊魔法石など、特定の物品の買い占めによる価格つり上げは裏社会が好む手口ですし、これは一般市民の生活に悪影響を与えます。この組織は教会に近しいと称することで捜査の手を阻もうとしているのでしょう。治安本部は教会と事を構えたがらないですから」

「だが今回に関しては、教会も『彷徨える光の会』を煙たがっている」

「おっしゃるとおりです。信徒も一般人が多く、背後で糸を引いている者が見えにくく、治安本部が捜査をするには多くの人手を割かねばならず、難しいと……」

「精鋭のおらんあの組織では、そうであろうな」

「いかがでしょうか？」

「ふむ……」

司令官はつるりとしたあごをなでた。ちなみにこのチームではヒゲも禁止である。

治安本部の手に負えない事件を解決したら、女王陛下の覚えもめでたかろう……そんなことを司令官は考えた。

一方、この報告書を持って来た捜査官は、資料の山を見ているとついにじんましんが出始めたので一刻も早く建物の外に出たかった。

「よかろう。本日より『彷徨える光の会』事案に着手する」

「おお！」

捜査官のみならず、室内にいる他のメンバーからも歓声が上がった。

「では出動する前に、君」

「はい？」

報告書を指差して司令官は言った。

「誤字が5か所ある。懸垂50回だ」

◇

広い広いダンジョンの通路に、その咆吼(ほうこう)は響き渡っていた。

誰かを呼んでいるかのように。

救いを求めるかのように。

近づけば近づくほど、咆吼の音圧がソリューズの肌を震わせていく。

(近い……!)

冒険者の中では、ソリューズたち「東方四星」が最初にその場所へとたどり着いた。

現実感がないほどに広い空間だった。

通路を抜けると空間が左右と上に広がり、その果てが見えず闇が広がっている。

だが、足元のあちこちに置かれた魔導ランプの明かりが、戦場とモンスターを照らし出していた。

「なっ……」

4本の足で立っているというのに、見上げるほどの巨体だった。頭部は獅子(しし)で、口からはちろりと黒い炎が漏れている。胴体は山羊(やぎ)だが、黒光りする巨大な蹄(ひづめ)が動くとダンジョンの床がごりごり削れた。尻尾のヘビもこれまた太く長く、胴体とは別の頭脳で動いているようだった。

キマイラだ。

討伐推奨ランクはD以上だが、それはあくまでもソリューズの知っているキマイラであり、このサイズの10分の1のノーマルサイズにおいては、だった。それに、キマイラが吐くのは黒ではなく通常の色の炎のはずだ。

なんらかの邪気を吸って成長した可能性が高い。

邪悪に進化したキマイラの特殊個体といったところだろうか。

これほどのモンスターならば、存在しないはずのイヴルドラゴンを生み出したとしてもまったく違和感はないとソリューズは思った。このキマイラこそが邪の根源だ。

あちこちに倒れた獣人がいて、それを介抱する者がいた。周囲に散らばっている黒い魔石は、倒された悪魔系モンスターのなれの果てだろう。

そしてキマイラに立ち向かう、いまだ武器を手にする30人ほどの獣人兵。

先遣隊は100人で構成されていたはずだが、戦える者が30人にまで減っている。ふつうならば撤退をしなければならない水準だが、それはできなかったのだろう——キマイラに背を向けて逃げきることはできなかったのだ。

彼らはすでにボロボロで、無傷の者はひとりもいないという様子だった。だがそれでも戦意はまったく失われていなかった。

中央に、その男が立っているからだ。

「ウオオオオオオオオオオオオオオオオオ――――」

援軍を呼ぶための咆吼だと感じていたそれは、戦場で聞くと心の奥底を揺さぶり、奮い立たせるものがあった。

中央連合アインビスト盟主、ゲルハルトは丸太すら一撃でぶった切れそうな巨大なバトルアックスを手に、キマイラと対峙していた。

ソリューズは、ゲルハルトの背中に思わず圧倒された。遠く離れているというのにキマイラよりも巨大に見えたのだ。

(違う。そんなはずはない。盟主ゲルハルトが救援を求めていたことは確かで、それは「強さ」が足りないせいだ)

ソリューズは迷いを断ち切るように叫んだ。

「――援軍だ!!　『東方四星』が来た!!」

獣人兵たちが「オオッ」とどよめきながら振り返る。

「『蒼剣星雲』も来たぞ」

マリウスたちも遅れてやってくると「オオオッ」とさらに大きな声が上がる。たった4人のソリューズたちより、12人のマリウスたちのほうが歓迎されているのは明らかだ――さらに言えば、マリウスたちのほうが男性の割合が高く「精鋭」感があるからだろう。

「…………」

今までにも散々、女性だけのパーティーだからと軽んじられてきた。しかしソリューズは顔には出さないが、こういう扱いをされたことをずっと覚えているし、なにかのタイミングで意趣返しをするタイプである。そこがヒカルからすると「腹黒」と思われるのだが、それはともかく。

キマイラという強大な敵を前にしてもふだんと同じように見られたことに、ソリューズは内心でイラ立った。

「ソリューズ、獣人軍に干渉しないよう左右に分かれるぞ。広めに距離を取ろう——ソリューズ？」

「……ええ、それで構いません」

いつもより低い声が出たが、ソリューズは冷静さを装って応えた。

すると、

「援軍に感謝する」

こちらを一度も振り向かず、キマイラの視線をひとり受け止めていたゲルハルトが言った。その声は——くしゃくしゃにしわがれていた。

叫び続けていたことがうかがえる声だった。

「このデカブツを仕留めたら、ここでのどんちゃん騒ぎはいったん終わりだ——行くぜ、野郎ども!!」

ゲルハルトの声とともに獣人兵が一斉に動き出した。

「サーラ！　セリカ！　行くよ!!」

「あいにゃ～」

「わかったわ！」

「シュフィはケガ人の救護！　魔力の残量気をつけて！」

「かしこまりました！」

ソリューズとサーラ、セリカが右手に飛び出すと、

「『蒼剣星雲』、行くぞ」

マリウスの号令でパーティーが左手へと動き出す。

ぐるるるる……という音がキマイラの喉から聞こえた。

「ウオオオオオ！」

ゲルハルトが突っ込んでいき、キマイラの足を斬りつけようとするが、キマイラは後方に飛んだ。その巨体に見合わぬ軽やかな動きだったが、着地の衝撃で足元は揺れ、風が吹いてくる。

『ブウウウウッ』

キマイラの口がすぼまったと思うと、そこから真っ黒な炎が飛びだした。

危ない——魔法使いのいない獣人軍はこれを正面から食らってしまうぞ、とソリューズ

の背中に冷や汗が流れたときだ。

「ゼアアアアア!!」

いまだ走り続けているゲルハルトが巨大な斧(おの)を振り抜くと、炎は真っ二つに裂ける。獣人兵たちはゲルハルトの陰に入り、あるいは跳躍して炎の切れっ端をかわす。とんでもない身体能力だ。

「おらあッ!!」

キマイラの足元までたどりついたゲルハルトが巨大な斧を振るうと、空(くう)を切り裂くすさまじい音が響いた。だが、キマイラの足――山羊(やぎ)の体毛に覆われた足は、金属音に近い甲高い音を鳴らしてそれを弾(はじ)くのだった。

「なっ……」

物理的にあり得ない光景だった。竜の鱗(うろこ)や岩石の鎧(よろい)を身に纏(まと)っているモンスターが刃(やいば)を弾くのならばわかるが、ただの体毛にしか見えない足が、バトルアックスを弾くなんて。

「おらあああああ!!」

こうなるとは知っていたのだろう、ゲルハルトは弾かれても動揺せずに何度もバトルアックスを振り続ける。獣人兵たちも飛び掛かってキマイラを攻撃する。だがその刃はどれもキマイラの身体を傷つけることはできなかった。

『ギアオオオオッ』

鬱陶(うっとう)しそうにキマイラが身体を震わせると、しがみついていた獣人が振り落とされ、足元にいた者は蹴り飛ばされた。ヘビも暴れ回り、ふたりが吐き出された毒にやられてしまった。

「――魔力の膜で身体を覆っているんだわ！」

　セリカが言った。

「『支援魔法』にもこれに近い効果のものがあるのよ！　だけど、それよりずっと強力で、信じられないくらいの魔力を使ってる！」

「魔力消費が激しいということ？」

「そうかもしれないけど！　魔力切れは期待しないほうがいいわ！　周囲の邪気を吸収しているようだから！」

「つまり、あの防御壁は……」

「ずっと続くわ！」

　キマイラの右方向から、距離を置いた場所でゲルハルトたちの戦いを観察する。暗くてよく見えない部分もあるが、確かに攻撃を弾(はじ)くときにうっすらと黒い靄(もや)のようなものが発生している。それが魔力の膜なのだろう。

「……それではどうやって倒したらいいんだ？」

　抜いた剣を握る手に力が込められる。剣が通らないのならば自分にできることはない

——いや「太陽剣白羽(ホワイトレイブレード)」がここにあれば違っただろう。「魔力を通せば斬れぬものはない」という魔剣だった。いや……ないものをねだっても仕方がない。

「魔法でこじ開けるわ！」

セリカが力強く言った。

「こじ開ける、とはどういうこと？」

「魔力の膜で防御をしているのだから、こちらも魔法をぶつければいいのよ！　それもできうる限り魔力の濃度を上げたヤツね！　そうすれば魔力が中和されて膜が薄まるわ！」

「なるほど——」

「ほんとうはシュフィが聖属性の魔力をぶつけてくれれば手っ取り早いんだけど、シュフィが近づくのは危険だし！」

「それはそうだね。でもセリカ、君なら遠距離から同じことが可能だと？」

「そのとおりよ！　私、魔法の天才だから！」

自信満々なセリカを見て、剣を握るソリューズの力がわずかに緩まった。

（そうだった。私たちは「東方四星」。私ができないことも仲間がやってくれればいい。それが私たちの「強さ」なのだから）

改めてセリカの実力を思えば、彼女は4種の「精霊魔法」をすべて扱える希有(けう)な魔法使いだ。彼女の見立てに間違いはないはずだ。

「――獣人兵のいないところを突く。サーラ、先導を」

「あい～」

「セリカ、頼んだよ」

「任せて!!」

身をかがめてサーラが走り出し、その後ろをソリューズがついていく。

獣人兵は振り落とされ、いったんキマイラの前方に展開している。ゲルハルトを攻撃の中心に据えており、獣人たちはゲルハルトのサポートに回っている。だがゲルハルトの攻撃は通っていないようだ。

(私は一振りの剣。「東方四星」の前に立ちふさがる敵を貫く剣なんだ)

「ヘビをやるにゃ！」

「わかった」

サーラがさらにスピードを上げるとソリューズにはもう追いつけない。みるみる距離ができる。彼女は真っ直ぐに後方のヘビを目指した。

「――アイツら、後ろに回ってるぞ」

「――おい！　お前らの細腕じゃどうにもならねえぞ！」

「――あぶねえことは止せ！」

獣人たちの声が飛んでくるがソリューズたちは無視した。

すでにヘビはサーラの目前だ。

『シャアアッ』

獅子（しし）の顔は正面のゲルハルトたちに向いており、こちらに注意は払われていない。

（好都合）

獣人だけでなくキマイラまでもが自分たちをナメているのだ。

だったらいい。

それでいい。

思い知らせてやればいいだけだから。

「にゃあああっ！」

先にサーラがヘビと接触する。一直線に襲いかかってくるヘビの頭は、サーラをひと呑（の）みにできるほど大きい。サーラは紙一重でかわしてダガーで胴体を斬りつける。ギャリギャリギャリッとイヤな音がしたが、ダガーがヘビを傷つけることはなかった——やはりこちらにも魔力の膜が張られているのだ。

ヘビが身体をくねらせると、サーラはそれをもろに食らって吹き飛んだ。

「——言わんこっちゃねえ！」

「——あっちのフォローに入るか？」

「——クソッ、手の掛かるヤツらが援軍かよ！」

獣人たちがわめいているが、飛ばされたサーラはくるりと一回転して着地した。

「そっちを見ている場合か？」

サーラを見ていたのは獣人だけでなく、ヘビ自身もそうだった。

すでにソリューズはヘビの真下にいた。

『シャッ――』

ハッとしたヘビがソリューズに警戒を向けたときだった。

その顔が破裂した。

いや、飛来した氷塊がヘビの顔面に当たって破裂したのだった。

「――命中ね！」

遠くで、杖を構えていたセリカが叫んだ。

「ソリューズ、出番よ！」

魔力の膜は魔法を通すこともなく、ヘビは無傷だった。だが突然のことに驚いたヘビは、

『シャアアアアアアアア』

身を震わせながら直立したのだった。

「――任せて」

ソリューズは感じていた。破裂した氷塊の中に閉じ込められていた、濃い魔力を。ふだ

んなら魔力なんて感じることもできないが、これほど濃密に練り込まれていればソリューズにだってわかる。むせかえるほどの魔力だった。

その魔力は、ヘビの全身を覆うほどだった――中和は、成功した。

「ハアアアアアアアアアッ!!」

跳躍したソリューズは剣を振るった。がきり、という手応えは魔力の膜に遮られたものではない――刃がヘビの胴体にめり込み、骨に当たったその感触だった。

ソリューズは刃を滑らせ、撫でるように剣を振るう。

すると刃は見事に骨と骨の間を通り抜け――ヘビの胴体を真っ二つに叩き斬った。

直立していたヘビは、バランスを崩して床面に落ちる。バウンドすると地響きを立てるのだが――その肉体はそのまま黒いチリになって消えていく。

「――お、おおお」

「――やりやがった……」

「――すげえええええ!!」

着地したソリューズは獣人たちの歓声を聞いた。

（よし……！）

確かな手応えを感じた。

ゲルハルトたちが手こずっていたキマイラの、ヘビを斬り落としたのだ。これは「強さ」だ。紛れもなく「東方四星」の持つ「強さ」なのだ。

『キアアアアアアッ!!』

ソリューズを敵と認めたキマイラがこちらを振り返る。

「っ」

ソリューズはすぐに回避姿勢に移ろうとして、腕が一瞬硬直したのを感じた。ヘビを斬ったときのものだろう、剣の刀身にはびっしりと黒い液体が付着しており、自分の腕にもそれは飛び散っていた。それは血、というよりもなんらかの呪いであるらしく、腕にはしびれがあった。

「逃げるにゃ！　ソリューズ！」

「！」

キマイラの前足はソリューズの眼前に迫っていた。

「ぬあああああ!!」

そのとき、ゲルハルトがバトルアックスをキマイラの横っ腹に叩きつけていた。それは傷こそ付けられなかったがキマイラの身体を揺るがすには十分だった。

ソリューズが跳躍して真横に転がると、マントこそキマイラの爪で切り裂かれたが、ケガを負うことはなかった。

「ぼーっとするな！　たたみ込むぞ!!　魔法を撃て!!」

ゲルハルトに命令するように言われてムッとしたが、彼が言っていたのはセリカに対してではなかった。

「砕氷流(フロストフロート)」

「蒼剣星雲」の双子の魔法使いが放ったのは、「水魔法」だ。氷塊と大量の水が入り交じった魔法で、殺傷能力こそ低いが気温を一気に下げることができる。そしてなにより当たる面積が広い。

セリカの魔法が魔力の膜を中和していたのを見たからだろう。

その大量の水分はキマイラをずぶ濡れにするには十分だったが、押し流すまでにはならなかった。離れた場所に移動したソリューズですらひやりとした冷気を感じたのだから、キマイラの目の前にいるゲルハルトたちはなおさらだろう。

『シャアアァァッ』

毛皮がずぶ濡れになったキマイラが身を震わせるが、

「掛かれ!!」

叫んだゲルハルトがバトルアックスを振り下ろすと、その巨大な刃はキマイラの前足にめり込んだ。

『ギアアアッ!!』

刃が通った。

獣人たちが次々に飛び掛かってキマイラに傷をつけていく。

「オラオラオラオラッ！」

「くたばれやバケモンがぁ！」

獣人兵は初めて攻撃が通ったことに浮かれ、攻撃を繰り返す。周囲は恐ろしいほどに冷えているが、それすら気にならないように。

『ギアアアアアア――』

キマイラが叫ぶと、獣人兵はますます興奮して攻撃をするが、

「――マズい」

すぐにソリューズは危険に気がついた。

「離れろ!!　たいして効いてねえ!!」

気づいたのはゲルハルトも同様だった。刃はめり込んだものの、深手を負わせることはなかったのだ。

キマイラは水を落とすように身を震わせると、乗っている獣人兵を吹き飛ばし、口を大きく開いた。

『ヒィウッ』

その口からブレスが飛び出す――瞬間、キマイラの背後、死角で鮮烈な青い光が放たれた。

魔剣の光――「蒼の閃光（ブルーフラッシュ）」の光だ。剣を抜いたマリウスがキマイラに迫っていた。

魔剣はそれそのものが魔力を帯びている。ゆえに、魔力の膜を貫通するはずだ。

行ける、とソリューズは思った。これで後ろ足に大ダメージを与えられればキマイラの機動力はがた落ちだ。

マリウスは「彼方の暁」においては目立っていたわけではなかったが、それはサンドラのような綺羅星（きらぼし）のごとき才能に囲まれていたからであって、「彼方の暁」でなければパーティーリーダーになるのは間違いなく、順当にランクBにまではなったであろうという実力者だった。

その彼が「蒼の閃光」を手に入れたのだから、ランクAになるのは必然。

戦いぶりは堅実で、千載一遇（せんざいいちぐう）のチャンスが目の前にあっても冷静沈着に攻撃を決めてくれるのがマリウスだ。

だが、

「!?」

キマイラはそちらを見ていなかった。マリウスになど気づいていなかったようにしか見えなかった。

だというのに次の瞬間、ブレスを吐かず、身をかがめて真横に跳んだのだ。

剣は空（くう）を切った。

「か、かわされたにゃ！」

　ソリューズの隣でサーラがあわてる。

「獣人兵たちがマリウスさんに気づいていた。それで彼らの視線が自分の後方に向かったのを見て、キマイラは危険を察知したのだと思う」

「ええええ!?　そんなことできるのっ!?」

「……想像以上の知性だよ」

　攻撃を外したマリウスから離れたキマイラは、

『ヒィウッ』

　ブレスを吹きつける。

「伏せろマリウス！」

　それは左右から現れた「蒼剣星雲」の盾役（タンク）によって防がれた。とはいえ、すさまじいブレスの勢いに、彼らも身動きが取れない。

「クソが、すげえブレスだ!!」

　大盾で防いでいる男が叫ぶ。

　床面に大盾の先端を当てて固定しているのに、身体ごとじりじり押される。剣を鞘（さや）に戻したマリウスがじっと身をかがめながら、

「耐えろ！」

「わかってる！　じゃなきゃ黒こげだ！」

「んだな」

もうひとりの大盾もうなずいた。

盾で防いでいるというのに息をするのも苦しいような熱気と、持ち手から染みこんでくるような痛み——瘴気（しょうき）が指を侵食してくるのが感じられる。ぞっとするような嫌悪感が込み上げてきたが、盾役のふたりは精神力でそれをねじ伏せる。

仲間がフォローしてくれるはずだと信じているのだ。

「止まった」

キマイラがブレスを中断した。

それは遠距離からの弓矢の攻撃と、セリカによる魔法の追撃があったからだろう、キマイラは背後に跳んでいったん距離を取る。

『シイィィイイイイイ……』

警戒感を滲（にじ）ませている。

マリウスと盾役のふたりは急いで後退する。リーザともうひとりの回復魔法使いによる治療が必要だった。

「チッ」

一方、仕留めきれなかったことにゲルハルトが苛立（いらだ）たしげに舌打ちをする。その気持ちはソリューズもよくわかった。現時点で最大の攻撃力を誇るのがマリウスの「蒼の閃光(ブルーフラッシュ)」だということは間違いなく、ゲルハルトもあの剣を見た瞬間に理解したはずだ。

それを外してしまった。

キマイラは警戒レベルを上げている。

魔法による魔力の中和と、「蒼の閃光」のふたつにさえ気をつければ、キマイラは勝てるのだ。

(……足りない)

自分たちは力も、攻撃手段も、どちらも足りていない。

退却するべきだとソリューズが考えたときだ。

「なんだ、マリウスの野郎。攻撃外しやがって!」

大空洞の入口に現れたのは「キンガウルフ」パーティーだった。

なぜここに——とソリューズは驚いた。彼のこれまでの行動パターンから考えるに、ここで未知なる敵に突っ込むような真似はしないはずだ。漁夫の利を狙ってやってくることはあるだろうが、それならばこうして、

「俺様、冒険者キンガ様が来たぜえええええ!」

名乗りを上げる必要なんてないはずだ。

一瞬、キマイラの視線がキンガへと向いた——ときだった。

「――引き返せ、キンガ！　君たちのパーティーで歯が立つ相手ではない!!」

マリウスが声を上げた。

「てっ、てめぇ、マリウス!!　ナメくさってんじゃねえぞ!!」

キンガはすでに両手に爪を装備していた。近接攻撃を得意とする獣人兵と同じタイプなのだろうが、精鋭ぞろいというアインビスト兵よりもワンランク上の強さを感じさせる風格である。

（なんで……）

だがそれ以上にソリューズが信じられなかったのは、マリウスの言葉だった。

あんなことを言ったらキンガは逆上するに決まっているし、冷静な判断ができなくなる。怒りが限界以上の力を引き出すことはあるが、今の言葉はただの安っぽい挑発だ。それがわからないマリウスではないのに。

「行くぜ!!『キンガウルフ』!!」

キンガの号令とともにパーティーメンバーが動き出した。

――ふざけやがって、マリウスの野郎。

この大空洞にやってくるまでに残っていた、ためらいや後悔、恐怖の欠片（かけら）はきれいさっぱり消えていた。

目にもの見せてくれるという思いしかない。

「キンガ様ぁ！」

「ついてこい！　魔法をかけながら支援できんだろぉ!?」

「もちろんですぅ！」

同じ修道女の衣服でも、シュフィや「蒼剣星雲」のリーザとはまるで違う、胸元がばっくりと開いて左右の太ももの付け根までスリットが入っているセクシーな格好をしている女が、魔法を使いながらキンガの後ろを走る。

両手に持っているのは錫杖（しゃくじょう）のごとき長い棒で、金属製だった。それ単体で20キログラム以上は重量がありそうな代物である。

彼女の魔法は赤色や青色、黄色といったさまざまな光を放ち、それらは自身とキンガに吸い込まれていく。

「支援魔法」――「回復魔法」と並んで「聖属性」に連なる魔法だが、この魔法の使い手は「回復魔法」のそれと比べるとぐっと少なかった。

なぜかといえば教会で道を修めるにあたって、使える時間や魔力には限りがあり、そして教会関係者に求められているのは圧倒的に「回復魔法」だったからだ。信徒が求めるのは治療の力なのである。

「支援魔法」は冒険者や軍とともに行動して効果を発揮するが、効果の対象は数人であり、大規模な戦略に組み込むこともできず、結果として「回復魔法」よりも人気がない。両方高レベルで使えるシュフィはレアケースだった。

だが「キンガウルフ」の修道女は、「支援魔法」の使い手であり、さらに、

「私のあとに攻撃をお願いしますぅ！」

「あぁっ!?　なんでだよ!?」

「先ほどの戦いを見ましたでしょ、あれは魔力の膜が覆っているんですぅ！　私のあとならばキンガ様の攻撃が通りますぅ！」

「チッ、なるほどな」

「では参りますぅ！」

彼女自身が戦える――戦闘型修道女(バトルプリーステス)だった。

「――撃ちまぁす！」

その後方では、杖(つえ)を構えた女性たちが一斉に魔法を放った。

キンガウルフのパーティーは戦闘員の大半が女性だが、そのほとんどが魔法職で遠距離攻撃が得意だ。ことキマイラ戦においては相性抜群だといえる。

速度を重視した光の矢が次々に飛来する。「火魔法」の中級でその名もズバリ「火炎連射(ラピッドファイア)」というものだ。明かりの乏しい大空洞が瞬時明るくなる。

『シャアアアアアアアア』

いくら速度があるといっても距離がありすぎる。キマイラが横にジャンプしてかわす

――とそこへ、

「せえええいっ！」

バトルプリーステスが到着して、キマイラの前足に錫杖を振るった。パァンッ、と風船の破裂するような音がしたのは異様だったが、それは魔力の膜を吹き飛ばした音だった。

「よくやった、あとで可愛がってやるぜぇ！」

キンガはバトルプリーステスの横から風のように飛び込んで、斬り掛かる。

「!?」

が、この動きを読んでいたのかキマイラはさらにサイドステップで攻撃をかわした。

「――待ってたぜ」

そこにいたのはゲルハルトだった。

この流れをすべて読んでいたと言わんばかりに、バトルアックスが大きく振りかぶられており、振り下ろされた一撃は魔力の膜が剥がれたキマイラの前足を切りつける。

『ギャアアアアッ!!』

黒い煙が血のように噴き出し、ゲルハルトを黒く染める。

「ウオオオオオオオッ!!」

2回、3回とバトルアックスを振るが、そのときにはキマイラは奥へと跳んで逃げてい

た。

「まだ跳べるのか、バケモノめ――――」

「おい、てめえ！　アインビストの盟主だかなんだか知らねえが、俺様の獲物を勝手に奪ってんじゃねえよ！」

キンガがゲルハルトに食ってかかると、

「今の調子だ」

「アァ!?」

「今の調子でもう一発頼む。今度は前足を叩(たた)き斬ってやる」

「――――」

真っ黒な瘴気(しょうき)を浴びたゲルハルトが、ニィと笑うと、鋭い歯だけが闇に浮かんで見えた。その凶悪な顔にさすがのキンガも一瞬言葉を失う。

「て、てめえ……俺様の足は引っ張るんじゃねえぞ」

とだけ言うのが精いっぱいだった。

そのころマリウスは仲間のところに戻っていた。リーザによる「聖属性」魔法で盾役(タンク)ふたりの邪気を祓(はら)う。

「盾を構えてくれ」

「は？　なんでだよ。ここは十分あのバケモノからは遠いだろ」

「いいから」

有無を言わせぬ言い方に不承不承、ふたりが大盾を構えると、マリウスはリーザではないほうの回復魔法使いを呼んだ。

その間、キンガがキマイラに攻撃を仕掛けている。

「――なあ、マリウス。なんであんなふうに挑発したんだ？　お前らしくもない」

さっきの言動は仲間内から見ても「マリウスらしくない」と思えたようだ。

「理由を知りたいか？」

「やっぱりなにかあるのか」

「――これを見られたくなかったんだ」

「え？」

ちらりと視線だけ振り返ると、マリウスは回復魔法使いから精霊魔法石を受け取るところだった。「蒼の閃光（ブルーフラッシュ）」の鞘（さや）に新たなそれをはめ込むと、鞘がカタカタと震えて剣に魔力がチャージされていく。

「ん？　魔剣のことか？　いや、魔石で魔力を注入することくらいみんな知ってるだろ」

剣の名前だけではなく性能や特性まで含めて有名な話だった。

「そうじゃない。俺が警戒しているのは――キマイラだ」

「……は？」

これぱっかりは、さすがの盾役(タンク)も驚いて振り向いてしまう。

「マジで言ってんのか？　キマイラに、魔剣の秘密を知られたくないって……そのためにキンガたちをけしかけたのか？　キマイラの注意を逸(そ)らすためだけに？　いや、待て待て。キマイラのなにをそんなに警戒してるんだよ⁉」

「……わからないならいい」

魔剣のチャージが終わったマリウスは立ち上がった。

「魔石の残量は十分だ。俺が空振りし続けて魔石の在庫が切れるよりも前に、『蒼の閃光』が敵を切り裂く。これまでと同じだ」

「お……おう」

マリウスの真骨頂(しんこっちょう)。

魔剣の強さでも、本人の肉体能力の高さでも、政治力でもなく――マリウスの最大の武器はこの用意周到さ、慎重さなのだ。

久しぶりに目の当(まあ)たりにした盾役の男は、鳥肌が立つのを感じた。

キマイラをただのモンスターとして認識していない。対等の――対等以上の強敵として考えているのだとようやく気がついた。だからこそこちらの手の内は一切明かさない。たとえ他の冒険者パーティーを利用してでも、確実さを優先する。

「さすがです、マリウス様」

リーザが惚(ほ)れ惚(ぼ)れとした口調で言った。

「さあ、仕留めるぞ」

マリウスが言うと「オオッ」と仲間たちが声を上げた。

ソリューズたち「東方四星」は4人がひとところに集まっていた。

雨あられのように降り注ぐ「火炎連射(ラピッドファイア)」によってキマイラは徐々に逃げ場を失っている。キンガとバトルプリーステスが抜群のコンビネーションで攻撃を加えると、ゲルハルトがそこへ追撃にかかる。そして獣人兵はケガをした仲間を後方に送り出しながら、それでも10人ほどが攻撃に移っていた。

さらには「蒼剣星雲」までもが攻撃に加わった。

「ありゃりゃ～、ウチらの出る幕はなさそうだにゃ～」

のんびりとサーラが言ったが、ソリューズの表情は浮かない。

「……サーラ、なにか感じるものはない？」

「感じるって、なにを？」

「あなたは勘がいいでしょ。なにかこの状況で感じることはないかしら」

これまでの経験でソリューズは、サーラの勘が冴(さ)えていることを知っているが、それもそのはずで「ソウルボード」上のサーラの「直感」は5という高レベルだった。

「なにをソリューズはそんなに気にしているのかにゃ～」

「……そうだね、今この場で撤退すべきかどうかを知りたいんだ」

「んん⁉」

サーラは目を丸くしたが、セリカとシュフィは難しい顔をしていた。

「もともと、シュフィが『危険』と判断せざるを得ないほどの相手ならば撤退すべきだと考えていた。だけれど目の前でアインビスト先遣隊が戦っていたから介入した――今なら犠牲を最小限に撤退できるはずだ。だから、これ以上戦い続けるべきかどうか、判断したいんだ」

「な、なるほどぉ。ウチは、あのモンスターなら倒せると思うけどにゃ～」

「そう……」

腑に落ちない、というソリューズの顔ではあった。だがサーラの勘は当たる。

「ならば、戦おう。負傷兵を下がらせるサポートをしながらがよさそうね」

「はーい」

「わかったわ！」

「そうしましょう」

ソリューズは自分でも、何にそこまでもやもやしているのかわからなかったが、とりあえず決断して動き出すことにした。

キマイラを追い詰めている。これは問題ないはずだ。

これで表のモンスターが減少するかどうかはわからないが、それでもこの凶悪なモンスターは倒すことができる。地上の危険がひとつなくなるのだ。

（いや……これほどの大きさのキマイラは外に出ることができないんじゃないか？　狭い通路がいくつかあったような……）

その可能性を考えようとしたソリューズだったが、首を横に振る。自分たちが把握していない通路があるかもしれないし、そういう「もしも」を考え出すと足はすくんでしまうものだ。これほどの重要な局面であれば一瞬の隙が致命的になる。

（今はこのモンスターを倒すことに集中しよう。勝ち筋は見えている。サーラも「倒せる」と言っている）

ケガ人の搬送を手伝いながらソリューズはキマイラを見やる。

魔法から逃れるように後退するキマイラの姿は小さくなっており、前衛部隊と後衛部隊との間に距離ができていた。おかげでこちらは安全にケガ人を搬送できる——と思ったのだが、

「……まずいわ！」

セリカが言った。

「どうしたの」

「距離が空きすぎて、これじゃ魔法使いを守りきれないわ！」

「それは――」

たしかに、とソリューズが言おうとしたときだった。

前線で動きがあった。


追い込んでいる、確実に――マリウスはその手応えを感じていた。

キマイラの身体中から黒い瘴気があふれ出している。身体中に傷を付けたという証拠だった。実際にキマイラの動きは鈍くなっているが、これほどまでに自分の作戦がうまくいったことに驚き、かつキマイラの賢さにも舌を巻いている。

キマイラの反撃のチャンスは何度もあった。獣人兵の動きは迂闊で、キンガが前に出すぎることもあった。だがその都度マリウスが立ち回りを変えて事なきを得たのだ――つまり「蒼の閃光」を使うふりをすると、キマイラは追撃をせずに回避行動を取った。

警戒しているのだ。マリウスと、彼の持つ剣を。

おかげでキンガが参戦後は目立った被害もなくキマイラにダメージを蓄積できている。

（行ける……これなら、「蒼の閃光」を使うまでもなく！）

マリウスは慎重だ。「蒼の閃光」で一気にカタをつけるのではなく、少しずつ削って倒す道を選んだ。地味ではあるが堅実な戦術だった。

場合によっては「蒼の閃光(ブルーフラッシュ)」を使えばいい。魔石はまだ十分ストックがある――その事実もまたマリウスを安心させていた。

だが、戦闘中に本来「安心」というものは存在しない。あるのは「慢心」だけだ。

勝利を確信したそのとき、隙ができるのである。

「おらおらおらおらァッ！　俺様の前を開けろや！」

キンガが特攻し、

「押せ押せ！　やられた仲間の仇(かたき)を討て！」

獣人兵が攻撃し、

「撃てぇ！」

遠距離からは魔法が飛来する。

肝心なところはマリウスの立ち回りでキマイラを御している――全体を操っている全能感を、マリウスは覚えた。

だがそのとき、ゲルハルトがハッとした顔をした。

「――押すな、退(ひ)けッ!!」

吠(ほ)えるように命じた。獣人兵はびくりとして止まったが、キンガは止まらなかった。

「アァッ!?　出番を奪われて悲しいのか、盟主サンよぉ！」

た。


「これは罠だ――」

言いかけたときには遅かった。

『シャアアオオオオオオンンンンンンンンン』

キマイラは叫ぶとぐぐっと身をかがめ、そして身体全体のバネを使って跳ねたのだった。

そのジャンプ力で彼らのはるか頭上を超えていき、前衛たちの背後に降り立つ。

そこにはぽっかりと空間ができていた――つまり、キマイラの前、魔法使いたちとの間にはなにひとつ遮るものがなかったのだ。

「あ……」

マリウスは理解した。キマイラは前衛と後衛の間に空間ができるのを待っていたのだ。

今のキマイラにとって最大のアキレス腱は、魔力の膜を中和してしまう魔法なのだ――。

そこまでマリウスの考えは至った。

だからこそ身体がすぐに動いた――ゲルハルトとともに。

「ウオオオオオオオオ！」

「おおおおおおおお！」

すでに身を引いていたゲルハルトはキマイラの至近、そしてマリウスは走り出しており、「蒼の閃光」を抜いていた――刀身から青色の光がほとばしる。

キマイラが身をかがめる。

すこし先にいる魔法使いの集団に向かって走り出す――。

「やめろぉぉぉっ」

キンガは自分の仲間が殺されると気づいて情けない声を上げ、魔法を撃ち終わったばかりの魔法使いたちは絶望的な顔をした。そしてなにより、「キンガウルフ」の前衛――生気のない顔をしていた盾役(タンク)たちは魔法使いを守るどころか背を向けて逃げ出していたのだった。

――勝った。

言いたくはないがゲルハルトのおかげだとマリウスは思った。キマイラが数人の魔法使いを――「キンガウルフ」の魔法使いを――数人は殺すだろうが、その後にゲルハルトの一撃でわずかでもキマイラの動きは止まるはずだ。そのときに、「蒼の閃光(ブルーフラッシュ)」がキマイラを叩(たた)き斬る。

キマイラが動き出す――ときだった。

「――え」

マリウスは目を疑った。

キマイラは、さらにまた跳んだのだった。

「え」

跳んだ先にいたのは──「蒼剣星雲」のメンバーであり、回復魔法使いの女だった。

彼女はなにが起きたのかもわからないまま棒立ちになっており、そしてそのまま上半身を、キマイラによって踏み潰された。

彼女は下半身だけを残して、おびただしい血をまき散らしながら一瞬で絶命した。

まさか──とマリウスは驚愕した。

仲間が死んだことよりも、なによりも、その事実に驚愕した。

回復魔法使いに託していたのだ──魔石を。「蒼の閃光」を使うために必要な魔石や精霊魔法石を。当然、彼女と同様に石もまた踏み潰され、破壊された。

キマイラに知性があることはわかっていた。だからこそ魔石の入れ替えを見られないように盾役の陰で行ったたし、注意を逸らすために「キンガウルフ」をけしかけたりもした。

そこまでやったのに──キマイラはわかっていたというのか。

この魔剣の生命線が、魔石や精霊魔法石だということを。

「!?」

キマイラが振り向いた──明らかにマリウスを見た。

そうしてニタリと笑ったのだ。楽しくて楽しくてたまらないというように。その表情には知性を感じるどころか、マリウスをはるかに超えるずる賢さ、したたかさがあった。

全身の毛が逆立った。

すべてキマイラの手のひらで踊らされていただけだ。魔法を受けて後退したのも、前衛と後衛に隙間を作ることが目的だったのだ。確実に魔石を始末するために。

つまりキマイラにとってもっとも脅威であり、その命を脅かす唯一無二の存在は「蒼の閃光（ブルーフラッシュ）」だったのだ。

マリウスの手に握られた「蒼の閃光」は今、魔力が切れ、その青い輝きを失うところだった。

（撤退だ――）

マリウスは今、自分の「蒼の閃光」こそがキマイラを倒す鍵だと完全に理解し、これを失うと、ひょっとしたらキマイラを倒す手段がなくなってしまうかもしれないとさえ考えた。

「つきゃあああああああああ!?」

撤退を叫ぶ前に、つぶされた回復魔法使いのすぐそばにいたリーザが、悲鳴を上げた。この数秒でなにが起きたのかようやくわかったのか、眼鏡の向こうにある目には涙を浮かべ、身体を震わせている。

その目は焦点が合っておらず棒立ち状態だ。

キマイラがリーザをじろりと見た。次の犠牲者は哀れなリーザで決定だ。撤退の声を上げる前に自分が今なすべきは、自分自身と「蒼の閃光」の撤退だとマリウスは当然のように結論した。

それが慎重、冷静な自分の判断だ。

たとえリーザが教会からの借り物であり、マリウスに並々ならぬ敬意と好意を抱いていると知っていても。

「マリウス様ぁあああ！」

走り出そうとしたマリウスの足が一瞬止まった。マリウスが見たのはリーザではなく、キマイラだった。キマイラはマリウスを見ていた。今この瞬間、キマイラ目がけてソリューズとサーラ、それにゲルハルトが動いていると――リーザを救うために動いているというのに、キマイラはマリウスを見ていた。

まるでマリウスを試しているかのように。

挑発するように。

マリウスの脳裏に、ダンジョンの入口にあった文言がよぎった。

『覇道（はどう）を征（ゆ）く者。

叡智（えいち）を求める者。

魔導を究める者。

奸智（かんち）に長（た）けし者。

勇猛を宿す者。

我が挑戦を受けよ。

すべてを乗り越えし者は、魔術の真髄を知る――ルネイアース・オ・サーク』

自分は石碑にあったどの人間にも当てはまらないとマリウスは思った。

思ってしまった。

それはすなわち、冒険者としても三流なのだとわかってしまった。

ランクAであろうとなんであろうと、その心に冒険心がなければ冒険者たり得ない。

剣を抱えてこそこそと逃げ出す者は冒険者ではない。

救いを求める仲間を囮にして逃げ出す者が冒険者であるはずがない。

「く、そ……クソオオオオオ！」

マリウスもまた走り出す。光を失った「蒼の閃光」を手にして。

「――う、撃て撃て！」

背後からは光弾が、マリウスを追い越して闇の中を飛んでいく。それらはキマイラに当たって魔力の膜を中和していくのだが、キマイラはそのダメージをもはや無視していた。

『ヒィウッ』

キマイラは足元にブレスを吹きつけた。漆黒の炎は周囲に広がっていく――絶命している足元の回復魔法使いは、真っ先に丸焼けとなった。

「逃げるにゃ！」

サーラがリーザの腕を引いて安全圏へと逃げ出すが、炎の勢いはすさまじく、ふたりを追っていく。

「はあああああッ！」

そこへソリューズが割り込んで、すさまじい勢いで剣を振るった。すると炎が割れて左右に広がった。

「太陽剣白羽（ホワイトレイブレード）」があればブレスの直撃も斬ることができるだろうが、炎の切れ端くらいならば、鉄剣であってもこれくらいの芸当はできる。

「どりゃあああああ！」

ゲルハルトもまたバトルアックスを大振りして、黒い炎を押し返し、

「感謝するぞ、ソリューズ！」

一方、マリウスの足元にも炎は迫っていたが、彼は勢いを付けて跳躍した。

この行動にはキマイラも驚いたらしい。

「せぇあああっ！」

光が失われたはずの「蒼の閃光」が一瞬、光ったように感じられた——だがそれは見間違いだったのかもしれない。振り抜いた斬撃は、キマイラの顔面、左目を切り裂いた。

『ギャアアアアア』

マリウスの、冒険者としての矜持を守った一撃が決まった。

「――マリウスさん!!」

だがそれは致命傷となる一撃ではなかった。

あまりにも浅い。

飛んでいる虫を追い払うように振るわれたキマイラの前足がマリウスのボディにめり込むと、彼の身体は吹っ飛び、まるでボールのように床にバウンドして転がった。

「マリウスさん!!」

ソリユーズが駆けつけるが、マリウスの肉体は無事とはほど遠かった。複数の骨折にダメージは身体の奥底まで響いている。

たった一撃、正面から食らうだけでこれほどなのだ――いくら上等な装備をしていようと敵はそれほどに強大なのだ。

「……撤退」

マリウスと同じ結論を言いかけたソリユーズだったが、

「野郎どもォ！　踏ん張れやあああああ!!」

ゲルハルトの咆吼がそれを遮った。

「バケモノの足を1本落とせば勝ちだぞ!!」

消耗していた獣人兵だったが、その言葉で我に返った。

「――オオオオオッ！」

「――剣は通ってんだ、やれっぞ！」

「――オラァァァ!!」

沸き立った彼らが一斉にキマイラに迫る。

「チッ！　ここでヤツらに手柄を取らせるかよ！　行くぞ！」

キンガもまた仲間に号令を発した。

ゲルハルトの判断は間違いだ、とは言い切れなかった。確かに、「キンガウルフ」の魔法使いがいる今、魔力の膜を中和しながら削りきるというのは勝ち筋のひとつだ。

マリウスが倒されてしまったが――その事実の重さをわかっていない者も多く、彼らの意気は軒昂(けんこう)だ。

だが――その渦中にいるゲルハルトはソリューズに視線を寄越した。もの言いたげな視線を。

「！」

彼はわかっていたのだ、「蒼の閃光(ブルーフラッシュ)」がもう使い物にならないことを。だから、こうして、「時間を稼ぐ」から「そのうちに逃げろ」とでも言わんばかりの目をしている。

「蒼の閃光」さえあればキマイラを倒せる可能性は残る。

その魔剣を持ち帰ることこそが、次につながる一手なのだ。

ゲルハルトは再度また、時間稼ぎをしようとしている。

「……ソリューズ」

かすかな声がした。マリウスの意識が戻ったのだ。

「マリウスさん……！」

「マリウス様ぁ！」

涙で顔をべしょべしょにしたリーザが走ってきて「回復魔法」を使い始めるが、マリウスはソリューズだけを見ていた。

「これを……持っていけ」

「！」

マリウスの手にはいまだ「蒼の閃光（ブルーフラッシュ）」が握られていた。気を失うほどの大ケガを負ってもなお手放さなかったのだ。

「な、なぜ……」

「……お前なら、これを持って……」

「!!」

マリウスはそのまま目を閉じた。

「持って、逃げろ、ということですか……!!」

手渡された剣が、途端に重く感じられた。

「ソリューズ！」

サーラ、セリカ、シュフィの3人がやってきた。

「どうするの!?」

ゲルハルトたちは命を懸けてキマイラと戦っているが、これで勝てるとはゲルハルトも思っていないだろう。ソリューズが「蒼の閃光（ブルーフラッシュ）」を持って逃げ出したら、後はじりじりと撤退するに違いない。

であればやるべきは――。

（私には……足りない。あまりにも。「強さ」が足りない……！）

サンドラならこの場でどうするだろうか。

冷静だと思っていたマリウスですら、無謀とも言える特攻を仕掛けた。

正解がなんなのかはわかっている。逃げ出すことだ。胸の奥にくすぶっている戦いへの熱を封印して。

だけれどそれでいいのか。

それが「強い」冒険者なのか。

ぎゅううう、と魔剣を握りしめた――。

「！」

そのとき、手にしていた「蒼の閃光」がカタカタと震えた。

「………」

ソリューズは剣を見つめた。

まだ戦いたいと言っているかのような——そんな震えだった。

ゲルハルトの振るうバトルアックスは確かにキマイラを切り裂いた。だが、キマイラはほとんど気にする様子もなかった。その理由にはゲルハルトも気づいており——ケガが少しずつ回復しているからだ。この巨大なモンスターがほぼ無尽蔵に魔力を持っているのと同じように、無尽蔵の体力が、生命力が、傷を治していく。

とはいえ、切断された尻尾のヘビは回復できていない。

（そういうことかッ……！）

キマイラにとって表面上の傷は治癒可能なもの。一方で切断や、深い傷は治せない——「蒼の閃光」のような致命傷を与えられるもの以外は通用しない。

つまり、ちまちま削りきることはできないということになる。

だからこそキマイラにとって最大の懸念は「蒼の閃光」だったのだ。

ゲルハルトは自分の判断が正しかったことを知った。

ソリューズが魔剣を持って逃げ出せば、まだチャンスがある。

ためらいはあったようだが、ソリューズは剣と鞘を手にして走り出していた。全速力だ。

(それでいい。あとはこっちで時間を稼ぐだけだ……!)

あとどれくらいこの戦線がもつのかはわからない。もしかしたらそう長くはないかもしれないが、ソリューズが第5層に戻るくらいまではもつだろう。

そのとき自分はどうなっているか。

仲間を生かすために犠牲になるか。

仲間を盾にして生き延びるような無様な真似はするまい。

(……すまねえな、ジルアーテ)

獣人を束ねる盟主が思い浮かべたのは、副盟主であるヒト種族のジルアーテだった。

中央連合アインビストのトップである盟主を決める戦い、「選王武会」では敵同士として争ったが、その後ゲルハルトがジルアーテを副盟主に抜擢した。

今ではどこか、実の娘のように思うこともある——ジルアーテの父はかつてゲルハルトのライバルでもあったのだが。

救援としてやってきた冒険者たちは、ジルアーテが送り込んでくれたに違いない。そう信じるほどに、ゲルハルトはジルアーテに信頼を寄せていた。

(——早く逃げろッ!)

（だが、救援は無駄になっちまったな）

キマイラは想定をはるかに超える強さだった。

強い相手との戦いに飢えていたゲルハルトにとってはこの上ない相手ではあったが、それに付き合わせた仲間たちには悪いことをした――いや、

「――うおっしゃあ！」

「――死ねゴラァ！」

死地にあってなお生き生きと戦い続けている獣人兵にとっても、この戦いは最高だったのかもしれない。

「おい、バケモノ……」

ゲルハルトは、数日もの間叫び続けてぼろぼろになった喉を震わせた。

「お前の相手はこの俺だァァアアアアアアアアアア!!」

さすがのキマイラもゲルハルトを無視できない。近くで戦っていたキンガもまたぎょっとしてゲルハルトを見る。

「ウオオオオオオオオオオオオッ!!」

ゲルハルトは突進し、バトルアックスを振り回す。魔力の膜が中和された場所ならばゲルハルトの攻撃も通る。キマイラの前足が斬りつけられて黒い瘴気（しょうき）を噴出する。

こいつの視線をここに釘付（くぎづ）けにすること。それがゲルハルトが今、なすべきことだっ

た。

『シャアアアアッ』

キマイラは攻撃を嫌がったのか前足を引っ込めて後ろ足だけで立ち上がる。そのまま巨体を下ろし、ドンッ、と床面を叩く(たた)と空間全体が大きく揺れた。キンガや仲間たちはバランスを崩してしまうが、ゲルハルトはその瞬間に跳躍していた。

「ガアアアアアッ!!」

振り下ろしたバトルアックスが、キマイラの前足の付け根にめり込む。

『ギャアアア!!』

キマイラの絶叫に手応えを感じたゲルハルトだったが、

「!?」

次の瞬間には目を見開くことになる。

走り出したのだ。

キマイラは着地する前のゲルハルトを弾き(はじ)飛ばし、前方へと走った。バランスを崩していた獣人兵たちはこれに反応できない。

その先にいたのは——確認するまでもない。こちらに背を向けて走っている「東方四星」の4人だった。

「なんだと……!?」

自分の渾身の一撃も、絶対に食い止めるという気概も、キマイラはすべて無視したのだ。

なにがあっても「蒼の閃光」を持ち帰らせないという、執拗なまでの意思を感じる。

「クソがァァァァァアアアアアア!!」

弾き飛ばされたゲルハルトが起き上がったときには、キマイラははるか遠くにいた。

魔剣を握りしめて走っていた。セリカ、シュフィ、サーラの3人には「この魔剣を持って全力で逃げる。全力でサポートしてほしい」とだけソリューズは伝えた。3人はすぐにうなずいた——細かな説明も必要ないほどに、「東方四星」の4人は結束していた。

ゲルハルトが最後の気力を振り絞って戦っている。数日にわたって悪魔系モンスターを倒し続け、最後はこの巨大なキマイラと戦い続けている。とてつもないタフネスだ。

(でも……それでも届かない。あのモンスターには。届きうる可能性があるのはこれだけだ)

左手に鞘、右手に剣を持ってソリューズは走る。左右をあわせてひとつの「蒼の閃光」であることは間違いない——今はその青色が完璧に沈黙しているのだけれど。

「もう少しで通路にゃ!」

「走りきるよ!!」

大空洞を抜ければ直線の通路だ。後は真っ直ぐ走って第5層を目指す。

「あ……」

そのときシュフィが小さく声を上げた。

「来ますわ！　キマイラがこちらに!!」

ゲルハルトが食い止めるはずだったキマイラが走ってくる。巨体の1歩は数メートルに達する。とてつもない速度で迫ってくる。

「走れ!!　通路に入ったら――」

「任せて!!」

キマイラでも十分走れるほどに通路は広い。だがその形状を生かした戦い方が、「東方四星」にはできる。

説明せずともわかっているセリカは、走りながらすでに魔力を練り始めている。

最初にサーラが、次にソリューズとシュフィが、最後にセリカが通路に入り込んだ。

振り返るとキマイラとの距離は100メートルを切っている。ここに到達するのに5秒もかからないだろう。

だが、全身に魔力をみなぎらせたセリカは不敵に笑った――「3秒あれば十分」とでも言うかのように。

『シャアアアアアアッ!!』

セリカは、両の手で握りしめた杖（つえ）を前に差し出した。

「『母なる大地の怒り（グラン・アース・レイジ）』」

彼女を中心に魔力が渦巻いて燐光（りんこう）を発する。次の瞬間には広範囲にわたってダンジョンの床面がせり上がり、

『ッ⁉』

隆起した床面は小山のようになり、完璧に通路を埋めてしまった。

それはキマイラですら、驚きのあまり急ブレーキをかけなければならないほどだった。

「回復魔法」によって意識が戻っていたマリウスも、バトルアックスを再度手にしたゲルハルトも、驚きを持ってこの光景を見つめていた。

「土魔法」における高位魔法「母なる大地の怒り」は珍しいというわけではないが、この短時間で詠唱を完了し、あそこまで広く高く隆起させられるほどの魔法使いを、ふたりとも見たことがなかったのだ。

「おお、すげっ……ってちげえ！　ざっけんじゃねえぞ⁉　そこ塞いだら俺らはどうやって帰りゃいいんだよ‼」

キンガがわめくが、

「やりやがった……」

ゲルハルトはにやりとした。これでいいのだ。これで、キマイラはここに封印されることになる――。

「……いや、待て。ヤツはなにしている？」

キマイラは大きく口を開けていた。それは思い切り息を吸い込んでいるように見え――、

『ヒィウッ!!』

吐き出されたブレスはこれまでとは比べものにならないほど強烈なものだった。

レーザービームのように小山に着弾したと思うと、爆発した。

「――ぎゃっ」

「――なんだこれっ」

「――きゃー!?」

爆風が、離れているゲルハルトたちのところにまで届く。大量の砂塵が舞い上がってキマイラの姿を一時隠した。

砂塵の向こう、小山の半分ほどがえぐられている。

「おいおい、なんて威力だよ……」

唖然としてゲルハルトですらつぶやいてしまうのも無理はないだろう。

ゲルハルトが数多の戦場で見てきたどんな魔法もこれほどの威力はなかった。このキマイラが1体いれば、城を落とすくらいたやすいだろう。

『シャアアアアアアアアアッッ!!』

キマイラは身をかがめると、小山に突進した。残っていた土は、ドーンと震え、吹っ飛び、通路を塞いでいる土砂が減っていく。

2度、3度と突撃をかました。

そして4度目――ついにキマイラは土砂を吹き飛ばし、通路への突入に成功したのだった。

ゲルハルトは――彼にしてはほんとうに珍しいことだが――キマイラの圧倒的パワーの前に半ば呆然(ぼうぜん)と突っ立っていることしかできなかった。

あんなもの、個人の力ではどうにもならない。

天災のようなものだ。

大自然のもたらす災害が相手ならば、自分という存在がいかにちっぽけなのか思い知らされる。

「東方四星」は第5層に到達したか？　いや、この短時間では無理だ。

すぐにもキマイラは「東方四星」に追いつくだろう。そうして、この第6層からは誰ひとりとして帰還することができないのだ――。

「な……なんだ、あれは……？」

だが吹き飛んだ土砂の向こうにゲルハルトが見たのは――予想だにしなかった光景だっ

た。

その少し前、

「『母なる大地の怒り（グラン・アース・レイジ）』」

魔法を放ったセリカはその場に倒れそうになり——それをとっさにサーラが支えた。魔力を惜しみなく注ぎ込み、身体に残った最後の1滴まで振り絞って完成させたのは、人間の手で作ろうと思えば数十人が数十日かけなければならないだろう「山」だった。

「すごいにゃ、セリカ！」

「ふ、ふふっ……さすがに、もう、へろへろよ……！」

サーラに負ぶさったセリカがソリューズとシュフィのところにやってくる。

「これで時間は稼げますね。ですが……中の人たちは……」

シュフィは、穴を塞ぐことによってなにが起きるのかわかっていた。キマイラを倒すか、第7層に進むかしかない。第7層が同じようなダンジョンであればやがて食料もなくなるし——それ以前に、第7層があるかどうかもわからないのだった。

「大急ぎで救援を呼ぶしかないわ……！　サーラ、あたしはここに下ろしていいから、アンタは走るのよ！」

「で、でもセリカ……」

「——その必要はないみたいだよ」

ソリューズが見ていたのは、セリカが埋めた通路の向こうだった。

突然すさまじい衝撃が走り、衝撃波が彼女たちの肌をびりびりと震わせた。

「な、なんだにゃ!?」

「これはっ、キマイラの攻撃……!?」

シュフィは邪悪な魔力から、これがキマイラによる攻撃だとすぐに見破ったようだ。

その後にドンッ、という体当たりが炸裂(さくれつ)すると、キマイラの足音まで聞こえるほど壁が薄くなったのを感じる。

この壁は壊される——サーラとシュフィはすぐにそれを理解し、セリカは自らの魔力がもはや枯渇しているゆえになにもできないことを知っていた。

だがソリューズだけは違った。

「みんな下がって」

「え、ソ、ソリューズ……?」

サーラはハッとした。この瞬間においてソリューズは——笑ったのだ。

悪魔、という存在がある。

この世界とは明確に違う場所に生まれ——発生し、と言ったほうがいいかもしれないが

――育つ者。

この世界の人々が持っている希望や活力を疎み、憎み、食らわんとする者。

彼らは無制限にこの世界にやってくることはできないのだが、やってきたときには、それはもう思うがままに振る舞う。

生き物を、命を、光を食らう。

キマイラもそうだった。自分を発見し、討伐しようと刃を向けてきた獣人軍を憎んだ。数日に及ぶ戦いでも、ここでは魔力を吸収できるので疲れることもなかった。増援でやってきた冒険者たちをも憎んだ。尻尾のヘビを斬り落とされたときには狂わんばかりに憤った。

ただ――あの魔剣だけが厄介だった。

たった一撃でチェスの盤上の駒をひっくり返すような威力を持っているとわかっていた。

だから、ここで持ち去られるわけにはいかない。

「土魔法」によって目の前に出現した土砂の山には驚いたが、これならば突破できる。ブレスと、体当たりだけで。

4度の体当たりの結果、キマイラはついに土砂を吹っ飛ばした。

追いつく、という確信があった。

追いついたら必ずあの魔剣を破壊しようと固く決意した。そうすれば持ち去られることはない。

これで確実に「勝ち」だ。

あとはここまでやってきた者どもをなぶり殺しにするだけ――。

『シャアアアアアアアアアアッ!!』

キマイラはこのとき、完璧に油断していた。

今までの戦いでは、驚きはあったもののあらゆる敵の攻撃をはねのけ、敵の裏をかいてきた。魔石や精霊魔法石を砕いたのもキマイラの知恵によるものだ。

そして獣人軍も冒険者も、もはや打つ手がないだろうと確信していた。

それが、それこそが油断だった。キマイラが決してしなかった油断が、ここに来て初めて顔を出したのだ。

だからキマイラはまったく理解できなかった。

土砂を突き破った向こうに4人の女がいたことを。なぜ逃げていないのだろう？　体力の限界だったのか？

だけれどそれ以上を考える余裕はなかった。そのうちのひとりが想像以上に近いところに――それどころかキマイラのほぼ目と鼻の先にいた。

突っ込んで行くキマイラが、1秒後には踏んでしまうところにいた。

キマイラは見た。

彼女の手に握られた魔剣。

それが——青い光を放っていたのだ。

「消えろ」

彼女は一言そう口にした。

キマイラが自らの勢いを止めることは不可能だった。

飛び散った土砂が降り注ぐ視界の悪い中で、彼女ソリューズは剣を振るった。

蒼い閃光が走り抜けた。

魔剣から伸びた蒼い刀身は易々とキマイラの顔に届き、鼻先からスッと肉体に入り込み、そのまま脳天を割り、首を通り胴体を縦に裂いた。

バランスを崩したキマイラの身体は血しぶきをまき散らすこともなく、剣を振り下ろした姿勢のソリューズを通り過ぎ、セリカたちの横でくずれるようにふたつに割れた。

『……ッ、ア……』

声を発することもかなわなかった。なにが起きたのかすらもわからなかった。

その巨体が黒いチリになって消えていく。

斬られたキマイラは声を上げることもできずに絶命したのだった。

ソリューズには疑問があった。

――マリウスさんはどうして私に剣を託したんだ？

パーティーメンバーではなく、他人と言ってもいいソリューズに。

ただ近くにいたからだろうか？　古巣の仲間として信頼していたから？　違う――ソリューズは、言葉にはならなかったマリウスの「意図」をはっきりと汲んでいた。

マリウスは「蒼の閃光」の「可能性」を考えていたのだ。

もしかしたらこの剣は、魔石ではなく「直接魔力を流し込む」ことでも発動できるのではないか、と。

ソリューズは「太陽剣白羽」の扱いで剣に魔力を流すことに慣れている。今この状況でもう一度「蒼の閃光」を使える者はソリューズしかいないとマリウスは考えたのだ。

だがその考えを口にすることすらはばかられるほどに、キマイラの洞察力は優れていた。ゆえになにも言わなかった。ソリューズならばわかってくれると信じて。

そのおかげで「東方四星」の仲間の誰ひとり、ソリューズが「蒼の閃光」を使えるとは思ってもいなかった。

そしてセリカの「母なる大地の怒り」によってすべてのお膳立ては整い――キマイラの目隠しとして小山は機能した。ゆえにソリューズは、キマイラを叩き斬る直前まで魔剣の発動を隠すことができたのだった。

「や、やった……やったわ!!」

「すごいすごいすごいすごいにゃ～!?」

「いったいどうして!?」

セリカとサーラ、シュフィの3人が駆け寄ってくる。

ソリューズは魔力を使い果たしてふらふらであり、それを3人が支えた。

「……はは、『太陽剣白羽（ホワイトレイブレード）』のように使えるんじゃないかと思ってね……」

「んもう！　それならそうと言ってよ！」

「びっくりしたにゃ～」

「さすがですわ、ソリューズさん！」

「ごめんごめん、説明してる時間がなかったんだ」

それだけでなく、仲間にすら明かさないことでこの不意打ちを成功させたかったのだ。

「3人とも……それより、負傷者の救護を急ごう」

「そ、そうでしたわ」

シュフィがまずハッとして、フロアへと動き出す。土砂の山が半壊しているとはいえ、なかなか歩きにくく、サーラが手伝って向こうへと行くことにした。

フロアのほうでは、

「――今なにが起きたんだ!?」

「――なんか魔剣が光らなかったか」

「――キマイラどうなったんだよ！」

と、ざわついている。

「ふぅぅぅ……やったわね！」

残ったセリカが言った。さすがのセリカも魔力を使い果たして座り込んでいる。

「ああ、このフロアはこれで大丈夫だろうね」

ソリューズは微笑んで返した。

「んもう！　あんな攻撃があるとは思ってなかったわよ！　あたし、完全に『終わった』って思ったんだからね！　日本にも帰れないままさあ！」

「あははは。なにかしたらキマイラに警戒させる恐れがあったからさ……でもセリカの『土魔法』のおかげで完璧な形で不意打ちができた。これは私たち全員の勝利だよ」

「それはそうだけどねー！　あっ……」

くらりと上体が揺らいで、セリカは地面に手を突いた。

「……私よりセリカのほうがへろへろだな。ちょっとそこで休んでいるといい」

「う、うん……そうするわ！　でもソリューズはどうするの!?」

「私もシュフィたちの手伝いをするよ。マリウスさんにこれを返さないといけないし」

セリカを抱いて壁際に座らせると、彼女は疲れたように目を閉じた。このまま寝てしまうかもしれないが、寝られるうちに寝ておいたほうがいいだろう。

ソリューズは「蒼の閃光（ブルーフラッシュ）」を鞘（さや）に戻した。カチン、と小さな音を立てたその剣を見つめるが、魔力を失った「蒼の閃光」はただの剣だ。たった今、あの巨大なモンスターを倒したとは思えないほどに。

（これこそが「強さ」……）

ソリューズは自分の積み重ねてきたものが間違っていなかったと信じることができた。

武器の強さではあるが、「蒼の閃光」を持った自分と、シュフィ、サーラ、セリカの4人がいれば、あれほど強いキマイラすら倒せる。

「蒼の閃光」を持つマリウスたち「蒼剣星雲」ですら倒せなかったキマイラを、自分たちは倒したのだ。

「蒼の閃光」や「太陽剣白羽（ホワイトレイブレード）」のような武器さえあれば自分たちは無敵だ。ランクA冒険者になるのもそう遠い未来ではないはずだ。

ちらりと通路の隅を見ると、信じがたいほど大きな――水瓶（みずがめ）ほどのサイズもある邪気の結晶が残されていた。キマイラが残したもので、それは球に近い形状をしていた。

「やれやれ……あの邪気を祓（はら）うのにどれほど時間がかかることやら」

いっそのことまとめて爆破でもしたい気分だった。死んでもなお迷惑をかけるとは……ため息をつきながらソリューズもまたフロアを目指した。

サーラは土砂の山をひょいひょいと登り、シュフィに手を貸していた。しかしひとりで登るとなると結構大変だとソリューズは思った。せっかく美しく磨いている装備も汚れるし――。

ソリューズは気づかなかった。

自分を追うように、ころころと邪気の結晶が転がってくることに。

土砂の山のてっぺんに立ったソリューズは大空洞の状況を把握しようとしていた。

「……んあっ」

そのとき、舟を漕いでいたセリカがかくんっと頭を下げた瞬間に目を覚まし、その結晶に気がついた。

結晶の魔力が凝縮していく。

まるで、結晶そのものが意志を持っているかのように。

無念で無念でたまらないという意思が凝縮していく。

「――ソリューズ!!」

声は一瞬、遅かった。

ソリューズが振り返った瞬間、結晶から邪悪な魔力がほとばしり――。

大爆発を起こした。

爆発は放射状に、ではなく、いびつなまでに指向性を持っていた。

つまり衝撃波は完全にソリューズだけを捉えていたのだ。

だがセリカの声があったおかげで、ソリューズは小山の反対方向に身を投げて伏せることができた。

衝撃は小山を吹き飛ばし、床面をえぐった。爆風に吹き飛ばされたセリカは転がっていったが、ソリューズは、

「――これ、はっ」

直撃を免(まぬが)れ、土砂が防御してくれたおかげで身体へのダメージはない。

だが頭から土をかぶり、前後左右がわからなくなった彼女が感じ取ったのは、揺れだった。その揺れはどんどん激しくなり、ついに彼女のいた足元が崩れ始めた。

「う、わあああああああッ!?」

宙に投げ出されたソリューズは、奈落に落ちていくのかと思った。だが身を浮かせた彼女が見たのは、

「――え」

空、だった。

青い空と太陽だった。

そして眼下には、絶壁の連なる赤茶けた渓谷地帯が広がっていた。

なにがなんだかわからなかった。ここはダンジョンではないのか。なぜ空に穴があってそこから自分は落ちていくのか――もしここにヒカルがいればこう言っただろう。

――なんだ、第7層は渓谷エリアか。

と。

つまりセリカの魔法によってダンジョンの床面は広範囲にわたって影響が起き、キマイラがブレスと体当たりで土砂を吹き飛ばし、挙げ句の果てには結晶の爆発で――ダンジョンの床面が破損し、その下にあった階層につながったのだ。

だがそんなことを今のソリューズが知るはずもなく、それどころか眼前に迫る危機をどうにかせねばならなかった。

猛スピードで落ちていく。

マントがはためく。

目を開けていられない。

落ちていく。

落ちていく。

はるか下に見えた大地がもうすぐそこだ。

大地に叩(たた)きつけられれば、死、以外にはあり得ない。

ソリューズの身体は、地割れでできたような割れ目に吸い込まれていく。

なにができる？

今、自分にできることは？

「くっ」

ソリューズは「蒼の閃光（ブルーフラッシュ）」を抜くと鞘（さや）を投げ捨てた。

「う、わあああああああああ!!」

残りの魔力をすべてそこに乗せる。

カッ、と青い光が放たれた。

剣を思い切り、崖に突き立てた。

重力に逆らう力に、両腕と両肩にすさまじい衝撃が走る。

だがこの手を離せば、死につながる。

刃は崖を切り裂いていく。

「ああああああああああああああああ――――」

魔力が吸われていく。全身の脱力感がすさまじい。だけれど気を抜いたら死ぬ。

やがて蒼（あお）の光が弱まり、明滅し、岩壁にぶつかり刀身から火花が飛び散る。

「くぅぅぅっ」

だいぶ速度は弱まったが、最後には「蒼の閃光」は崖に突き刺さり、ソリューズの勢いを殺しきることができずに途中でポッキリと折れてしまった。

　ソリューズは、再度宙に投げ出された。

「あ……」

　もう身体には魔力も力も残っていなかった。

　崖の底までは残り20メートルほどもあり——このまま落ちると致命傷になることは間違いなかった。

　だがソリューズにはもはや使える力も術も残されていなかった。

（……なんなの、これは……）

　あの忌々（いまいま）しいキマイラが最後の最後でこんなことを仕掛けてくるとは。

　自分も油断していたのだろうか？　キマイラを倒して「強さ」を証明してすべてハッピーエンドだと？

（もう、わからない……）

　ソリューズは落ちていく——わからないまま死ぬのか、と思った。

　だが、

「——え？」

　ぼよん、となにかに当たった。

　彼女は軽く跳ねると、そのまま弾力のあるなにかの上をもう一度跳ね、次は滑り、どしやりと地面に落ちた。

「な、なん、なんなの……？」

地面という固い場所に落ちたことは間違いないが、今、自分が当たったのはなんだったのか。

よろよろと上体だけを持ち上げると、そこには、さっきは気づかなかった巨大な生き物がいた。

キマイラの倍ほどもある体高。全身が紫色の鱗（うろこ）に覆われ、頭から背中にかけてたてがみがある。

冒険者ならば誰しも聞いたことがあり、一度は倒すことを夢想する存在。

「ドラゴン……？」

崖の底で眠り、ソリューズが落ちてきた衝撃によって目が覚めたらしいドラゴンは、うっすらと目を開け、喉を反らすと、

『ゴォォォオオオオオアアアアアアアアアアアアアアアッ!!』

とてつもない咆吼（ほうこう）を上げた。

強さ・・とはなにか。

「蒼の閃光（ブルーフラッシュ）」や「太陽剣白羽（ホワイトレイブレード）」のような武器か。仲間とのチームワークか。それとも権力

か。

ソリューズは自分なりに積み上げてきたものから「強さ」を探してきた。

キマイラに勝ったとき、確かに「強さ」を感じていた。

だけれど、このドラゴンには、

(――かなわない)

と、彼女の心の奥底で感じた。

仮に、折れた「蒼の閃光」が完璧な状態であっても、使い慣れた「太陽剣白羽」が手元にあっても、このドラゴンにはかなわないと思ってしまった。

そう思わせるものがこの生き物にはあった。

キマイラなど比較にもならない、王者と呼ぶにふさわしい偉容、そして咆吼。

ソリューズの頭上から降り注ぐ音圧は、彼女を吹き飛ばしこそしなかったものの、鼓膜を破り、その場に縫い付けた。

自分は死ぬのだ、逃げられる可能性は万にひとつもない。空から落ちてきたときには一縷の望みを託したのだが、そんなことすら考えることもできなかった。

死を、すんなりと受け入れられるほどにこのドラゴンは圧倒的な存在だった。

(あの日と同じだ……)

雷電魔狼に襲われ、両親を亡くした日。自分はなにもすることができずただその場から動けないだけだった。

あれからずいぶん経った。自分は強くなったと思った。

それは勘違いだったのだろうか。だって今も、こうしてなにもできないままじゃないか。

(あの日はサンドラさんが助けに来てくれた……でも、ここには……)

周囲には誰もいない。いるはずもない。

未踏の地、第7層だ。

「誰か――」

助けて、と。

つぶやいた言葉はまるで幼い少女のような声だった。

雷電魔狼に襲われた日と同じ、すがるような声だった。

だけれどそれに応える者はおらず、ドラゴンが口を大きく開いた――。

ブレスが、来る。

『……ゴッ……!?』

しかし、ソリューズの思い描いた確定的な未来が訪れることはなかった。

ドラゴンの目の焦点が合わなくなったと思うと、そのまま前にくずおれるように倒れて地響きとともに砂塵を舞い上げたのだった。

「……え？」

なにが起きたのかわからなかった。ドラゴンが倒れる直前、その頭からピッと血しぶきが飛んだように見えなくもなかったが――。

「あぁ、うるさいったらないな……このマントがなかったら鼓膜持ってかれるところだった」

ひらりと飛び降りたのは、少年と呼んでも差し支えない風体の男。

薄く滑らかなマントは銀河を閉じ込めたような不思議な宝石で留められており、なにより特徴的なのは目深にかぶったフードの下にある銀色の仮面だった。

「無事か？　って無事なわけないか。空から落ちてきて生きてるだけでも儲（もう）けもんだ」

ソリューズも知っている人物ではあったが、なぜ彼がここにいるのかまったく見当もつかなかった。さらにはどうやってドラゴンを倒し・・・たのかも。

ドラゴンはもう、動かない。

「白銀の貌（シルバーフェイス）」は散歩の続きでもするかのような足取りで、ソリューズの座り込んでいるところへとやってきたのだった。

第50章　太陽乙女(たいようおとめ)だって恋をする

『本気で帰る気!?　信じられない愚か者だわ。この大迷宮に込められたさまざまな魔術の価値については、あなたのちっぽけな脳みそでは推し量ることすらできないのね』

ヒカルが第7層に到達する少し前——ヒカルは第8層にいた。

「………」

ご苦労なことだ、と思った。階層ごとにソアールルネイの文句が書き連ねられていた。そんなにヒカルを引き留めたいのか、あるいは「ルネイアース大迷宮」を無視されたことに本気で腹を立てているのかわかりかねたが、ともかくもヒカルは地上を目指していた。

ご苦労なことだ、と思ったのは事実だが、イラ立ちも覚えていた。いい加減にしろと言いたかった。こちとら話し相手もいないまま数日このダンジョンをひたすら登り続けており、しかも日本にいるラヴィアを思えば不安もいっぱいだ。だというのにヒカルが目にするものはソアールルネイからの罵倒のみ。

だが次は第7層だ。正直、目の前にいたらぶん殴ってやりそうなほどに腹は立っていたが、もう少しで帰りつくのだ、と思ってやり過ごしてきた。

「――だけど、ずいぶんとアイテムが増えたなぁ」

ここに至るまでにヒカルはいくつもの宝箱を開けていた。

黄金のメッキと魔術が施された杯(さかずき)。古代語で書かれた書物。ぴかぴかのガラス瓶(びん)に封じられた赤色の液体。大きいが信じられないほど軽い盾。魔物の革を使ったらしいベージュ色のグローブ。身に着けると快適な気温に調整してくれるジャケットとパンツ、いつも着ていたようなフード付きのマント。こぶし大のサファイア。

もうリュックはぱんぱんで、いくら見た目の3倍ほどの容量があるといってもこれ以上は入らないし、そもそも重くて持ち歩けない。あの大海フロアがあれっきりで助かった。

服も着替えたので、スニーカー以外はこちらの世界の人間にほとんど戻ったと言えるだろう。そのスニーカーも泥に汚れて元の姿は見る影もないのだが。

「ここは……渓谷か」

見上げると空は高く、そそり立った崖が視界を狭くしている。崖の底からスタートだ。

ヒカルの「隠密(おんみつ)」はここでも通用しており、他の生き物を捕食している竜種のモンスターもヒカルにはまったく気がつかなかった。

第6層を目指し、ヒカルは前のフロアで収穫してきた甘酸っぱいリンゴをかじりながら進んでいく。

「しかしこれほど大規模な空間を地下に作ったのはなんでだろうな……」

明確な理由なんてないのかもしれないが、ヒカルにとっては不思議であった。

これまで通ってきたフロアには、ヒカルが冒険者ギルドの資料でしか目にしたことがなく「絶滅した」と記載されていたような動植物もあった。

もしかしたら、大洪水の際にあらゆる生き物の男女一対を乗せたという「ノアの方舟」をモチーフにしているのか……なんてことを思ったが、ここは地球ではないし、異世界人の痕跡も見られないので関係ないだろう。

各階層にそれぞれテーマがあって、階層内で循環がされるようになっていた。つまり人が手を加えることなく生き物が生きていけるように調整されていた。

「これって『ビオトープ』だよな」

ビオトープとはギリシア語の「ビオ（命）」と「トポス（場所）」からの造語であり、生き物が安定的に暮らしていける空間という意味合いを持っている。たとえば絶滅危惧種が絶滅しないように自然に生きていけて、繁殖できるような環境を作ったりするのもビオトープだ。日本では都市開発が進んで自然環境が破壊されていくと、自然環境を保持するためにビオトープの考え方が持ち込まれた。

この大迷宮の各階層も、階層内で生態系が循環している。階層がひとつのビオトープになっているということだ。

そこまではわかっていた。

だが、それがいったいなんなのだろうか？　そこがわからない。

「まあ、大魔術師の気まぐれかもしれないしな……なにかの実験かもしれないし。あるいは『あらゆる試練を乗り越えた者こそが真の勇者だ』みたいな試練かもしれないし。考えるだけ無駄か」

ヒカルはさっさと地上に戻ろうと思った。

そのとき——聞いたのだ。なにかが崩壊する音を。

「ん？　上？」

見上げた空から落ちてくる大量のがれきと、そこに紛れ込んだ誰かを見た。

「げっ、人が落ちてくるぞ!?」

荷物を置いてヒカルは走り出した。落下地点に間に合ったとてなにができるかもわからなかったが、とにかく向かった。その落下者はヒカルの視界の先、崖に落ちてくる。

「おっ？」

剣が、青色の光を発した。魔剣だと気づいたが、それを崖に突き刺してブレーキ代わりにするというのは、あまりに無謀で無茶ではあった。

とはいえ、それ以外に採りうる手段はないのだろう——魔法でも使えない限りは。

「おおおっ」

落下している人はかなりの力を持っているのだろう、みるみる速度は落ちていく——だが最後に魔剣がぽきんと折れてしまうと、宙に身体が投げ出された。

そのまま地面に落ちることはなく、まるで空中でバウンドしたように見えたが、ヒカルはそこに巨大な生き物がいることにとっくに気づいていた。

竜種であり、「隠密」系統のスキルを持っているモンスターである。

こういうモンスターはここに至るまで何匹も見かけたが、ヒカルの「魔力探知」があれば丸見えだった。地球には魔力が存在しなかったのでまったく役に立たなかったというのに、ここでは大活躍だ。

落下者はドラゴンの向こう側に落ちたので、ヒカルもまた「隠密」を使ってドラゴンの身体を登っていく。すると、ドラゴンの体内に魔力が集中した――すぐに耳を塞ぐと、やはり咆吼を放った。ヒカルがかぶっているフード付きのマントはこういう攻撃に対しても防御力を持っているらしく、キーンと耳鳴りはしたがその程度で済んだ。

その後は、軽自動車ほどもある頭を支えるドラゴンのうなじの一点に短剣を突き刺したら、それで終わりだった。「暗殺」スキルが発動し、スッと皮膚に入り込んだ短剣はドラゴンの頸椎を断ち切り、それとともに命を刈り取った。

ドラゴンが倒れるのに合わせて大地に降り立ち、ヒカルはそこにうずくまっていた人物に向かって歩いていく。

汚れているが、それでも彼女が「東方四星」のソリューズ＝ランデなのだとはすぐにわかった。どうして彼女がここに？　彼女はポーンソニアの王都で「世界を渡る術」を実行していなければならないのでは？　疑問が頭に湧いてきたが、今はそれどころではないと思い返す。

「無事か？　って無事なわけないか。空から落ちてきて生きてるだけでも儲(もう)けもんだ」

　ヒカルは近づいていく。

「…………」

　ぽかんとしてソリューズはヒカルを見上げていたが、彼女の目から、

「えっ⁉」

　はらはらと涙がこぼれ落ちた。

「う……うぅ、うわぁぁぁ……あああぁぁぁぁぁぁ——」

「え、え、えっ⁉」

　ソリューズがここに至るまで経験した激戦も、彼女の過去も、ヒカルは当然知らず、いきなり泣き出されてわけがわからない。

　まるで子どものような泣き方だった。迷子だった子どもがようやく親に見つけてもらったかのように。「助けて」と望み、叶(かな)ったこと。それがソリューズにとってどれほど意味があるのか、ヒカルは知らない。

「あ、ええっと、その、ケガとかしてない？」

していないわけがなかった。剣を握っていた手も血だらけで、服も汚れていた。いつも美しく整えられている金髪のシニヨンも、かなり崩れている。

「だ、大丈夫？　立てますか——」

「わあぁぁぁん！」

「うおわ!?」

近づいて手を貸そうとしたらそのまま両腕で抱きつかれた。すさまじい力であり、引き剥がすことはできなかった。

ソリューズはわんわんと泣いた。泣き続けた。

いまだにヒカルはワケがわからなかったが、ソリューズの背中をぽんぽんと優しく叩いてやった。

「ありがとう……ありがとう……サンドラさん……」

「——」

いや、誰だよ？　とは思ったが。

ソリューズは歩くこともできないほどに衰弱していたが、他にも竜種がうろうろしているこの場で休むよりも第6層へと続く通路のほうがいいだろうと判断したヒカルは、置いてきた荷物を回収すると、眠ってしまったソリューズを背負って歩き出した。

装備を身につけたソリューズは重く、そばに落ちていた業物（わざもの）っぽい剣を――半ばで折れていたが――放置していくのもなんだか悪い気がしたので、それもバッグに入れるとかなりの重量になった。

「ま、生きているならよかった。ケガなら『回復魔法』で治せるし……いや、待てよ？ってことは第6層より上はマップが完成してるのかもしれないぞ？　今日中に地上に帰れるかもしれないじゃん！」

途端にやる気になってきたヒカルである。

ソウルボードで「筋力量」を2から4に上げると、かなり楽になった。心なしか身体の肉付きも良くなった気がする。

ここに至るまでに多くのモンスターを倒したため、ヒカルの「魂の位階」はさらに上昇していた。

ダンジョンに入ってから、なんと12も上がっている。

「自然回復力」と「スタミナ」にも1ずつ振ったので、「筋力量」と合わせると全部で4ポイント使ったことになるが、まだ8ポイントも残っている。

「集団遮断」を使えばモンスターから気づかれることなく進むことができる。ヒカルは、「直感」に従って第6層への出口がありそうなルートを探すことにした。

「えーと、あっちの方に行けば良さそうだけど……ん？」

ずずんっ……となにかが崩壊する音がした。

イヤな予感がする。というのも、音がしたのはヒカルの前方からなのだ。

「うげ……」

そこにたどり着いたヒカルは絶句した。崖が崩落して道が塞がれていた。

先ほどの天井崩落に関連しているのは明らかで、というのも、崩落した天井からヒビが走っていて、フロアの外壁の一部もまた崩落していたのである。その外壁が直撃したのがヒカルの目の前の崩落現場、というわけだ。

そして、

「うわー、最悪だ……」

ヒカルのちょっと先の壁面には「7」と大きく書かれており、これまでの様子から察するに「7」のすぐ近くに——おそらく崩落した岩石や土砂の下に——第6層へとつながる通路の入口があったはずだ。

眠ったままのソリューズと荷物を下ろして、現場を確認する。

「おいおいおい……なんだよこれ」

土砂をよじ登ってみると、崩壊の規模がよりはっきりとわかる。

崖は地滑りするように崩れ落ち、さらには壁面がえぐれて、第6層に続くらしい階段がチラリと露出しているが、そこも広範囲にわたって崩れ落ちている。

まさかこれがセリカの魔法と、暴れ回ったキマイラのせいだとはヒカルの知るところではないのだが、それはさておき、

「マジかよ……」

ここに来てまさかの立ち往生だ。第6層は目前なのに。地上は目前なのに。

さすがに凹んでしゃがみ込んでしまう。こういうがれき除去とかは、ヒカルがもっとも苦手とする作業だ。「隠密」にはまるで向いていないミッションである。

ふと壁面を見やると、「7」の数字の下、ヒカルの目線のすこし上に文字が現れた。

『第6層より上は迷路タイプの通常ダンジョンよ。そこに行ったらあなたみたいな魔術マニアではモンスターを相手に戦えないでしょうね。あっ、この大迷宮に興味がないあなたは魔術マニアなんかじゃなく、ただの臆病者だったたっけ？　どんなズルをしてそこまで行ったのか知らないけど、通常ダンジョンで野垂れ死ねばいい！』

それはいつものソアールネイのメッセージである。

ここに至るまでよく目にして、ヒカルがスルーし続けてきたものである。

「……あ？」

だけれどこのときはさすがに、カッチーン、と頭に来た。

ようやくここまできたのに、ゴールが見えたと思ったのに、この崩落の山である。

さすがのヒカルも怒りが限界を超えた。

「『魔力探知』マックス!!」

ヒカルのスキルである「魔力探知」は非常に細かく魔力の流れを確認できるのだが、これは情報量が莫大であるために使用者であるヒカルの脳にも強い負担を強いる。ずきん、と頭痛が走ったがヒカルは耐え、目の前の壁面に走る魔力の流れを確認した。魔力の流れを確認できればその背後にある魔術もわかる。つまるところ、ソアールネイがどのようにメッセージを送ってきているのか、それを解析しようとしたのだ。

電話回線の逆探知、と言ってもいいかもしれない。

今までこれをやらなかったのは、ひとえに、しんどいからだった。

「は、ははっ」

額にはふつふつと汗が浮かび、鼻からはつぅと血が一筋垂れた。

「はははは！　そういうことか、見つけたぞソアールネイ！」

この迷宮で手に入れたなんでもよく斬れる短剣を取り出すと、切っ先を壁面に押し当てた。その切っ先は一分のくるいもなく魔術回路を遮断し、新たな回路を造り出し、メッセージを逆流させる。

「おおおおおおお！」

ヒカルは書いた。めちゃくちゃ書いた。ソアールネイに向けて思いの丈を綴った。

『いちいちねちっこいんだよこの偏執狂が！　サーク家だかなんだか知らないが僕は1ミ

りも興味がないし、すごいとも思ってない。悔しかったらその部屋からここまで来てみろ。できないだろ？　だからちまちまメッセージを送るしかできないんだろ？　その程度のテクノロジーしかないんだよ！　この第7層の造りは最低だ。第6層の床に穴が空いて天井からがれきが落ちてくるし、そのせいでフロアの壁面も壊れた。直せるものなら直してみろ。自動修復だってできないんだろう。まったく鍛えていないお前の昆虫のような足でえっちらおっちら第7層まで歩いてきて壁面を修理するのか？　それが終わるのは何年後だ。お前が婆(ばあ)さんになる前に終わるのか？　いいか、お前が誇るサーク家だかなんだかのテクノロジーはその程度のものだ。いい加減思い上がるのはやめろ。そして認めろ。自分はこの迷宮を直すこともできない存在だと』

　書ききったヒカルは、ハァハァと肩で息をした。今ごろソアールネイは面食らっていることだろう、一方通行のはずのメッセージ送信システムをハ・ッ・キ・ン・グされて逆にメッセージが送られてきたのだから。

「さて、と……」

　どうするか。ソアールネイに一泡(ひとあわ)吹かせてやったからといって現状が変わるわけでもない。第6層への通路は閉ざされ、もしかしたら階段も使い物にならないかもしれない。

「空でも飛べればいいんだけどなー……さすがにそんな方法はないし」

　と、つぶやいたときだった。

きらん、と、壁面に描かれた「7」の数字がより強い光を放った。

「……ん？　なんだ、あれ……」

そして、ゴゴゴゴ……と不気味な地響きが聞こえだしたのだった。


「──離して！　ソリューズが落ちたのよ!?　助けに行かなきゃ!!」

「ちょっ、待つにゃ、セリカ！　こっから飛び降りてどうするんだにゃ～!?」

「でも、でもソリューズがっ……！　あたしの魔法のせいで!!」

第6層──キマイラの結晶が爆発した後のこと。ダンジョンの床が割れて、大量の土砂とともにソリューズが落ちていくのをセリカは見た。

広範囲にわたって床面が崩落し、あわててサーラが飛ぶように走ってきた。サーラもソリューズが落ちるのを見たらしく、セリカが無事かどうか確認しに来てくれたのだ。かろうじて大空洞から第5層への通路までの床は、人ひとりぶんの幅が残っていた。

セリカは割れた床面のぎりぎりで身を乗り出し、そこがまるで空の上のように明るいことに驚く。穴からは風が吹き出してセリカの前髪をふわりと浮かせる。だがその異様さを考えるよりも先に、彼女はソリューズを探した。ソリューズはどんどん小さくなってゴマ粒のようになり、そこで青色の光を発しながら崖に吸い込まれていった。

ふつうに考えれば墜落死。

だがセリカはソリューズが生きていると考えた。思った。信じた。

だからこそ自分も飛び降りようとして——サーラに羽交い締めにされてとめられたというわけだ。

「『風魔法』でなんとかするわ！　それができるのはあたしだけよ!!」

「この高さから降りて試したことはあるの!?　確実じゃないんでしょ!?　あとセリカの魔力はすっからかんのはずにゃ～！」

「ぐっ……」

サーラの言っていることは正しかった。自分がここで飛び降りるのはふつうに考えればあり得ない。

「それじゃ、それじゃどうするのよ！」

「そりゃ、第7層への道を探すよぉ。この下にこんなエリアがあるってことはあそこが第7層なんだろうし」

「あっ」

当然といえば当然だった。そんなことすら思い当たらなかったほど、セリカは自分がパニックに陥っていたことを知った。

そのころには、大空洞に散っていた獣人兵や冒険者たちも割れた床面の周囲に集まってきていた。

「危ないわ！　まだ崩落が続くかも――」

警告しようとセリカが声を上げたときだった。地響きとともに追加の崩落が始まった。崩れはじめた場所に獣人兵がいて、思わず叫び声が出そうになったが、彼は大慌てでジャンプし、仲間が腕をつかんで引っ張り込んで事なきを得た。

「この下に第7層があるということか」

セリカとサーラが穴を迂回していくと、向こうからリーザに肩を借りたマリウスがやってきた。

「だがな、さっきのキマイラは倒したんだろう？」

ゲルハルトもこちらに来た。

「説明する時間が惜しいわ！　ソリューズが下に落ちたからあたしたちは探しにいく！　アンタたちは先に地上に戻ってなさい！」

「――この下からは邪気を感じません。悪魔系モンスターがこれ以上出てくることは、今のところないように思いますわ」

シュフィがやってきてセリカとサーラに合流する。

「リーザ、ほんとうか？」

「はい、マリウス様。邪気はほぼ薄まっています」

「……ソリューズはキマイラを倒したのだな」

マリウスは、ソリューズが「蒼の閃光(ブルーフラッシュ)」とともに第7層へ落ちたとわかったようだ。

「蒼剣星雲」のメンバーがやってきて、魔剣はどうなったのか、早く返せというようなことを言いかけていたが、マリウスは彼らを止めた。

「……俺たちは仲間を弔(とむら)いたい。ここに置いておいたらアンデッドモンスターになる可能性もあるからな。彼女は聖職者だったから邪に堕ちると困ったことになる」

聖職者が死してモンスター化すると、通常よりもはるかに凶悪なモンスターになると言われている。

「つまり……俺たちは、第7層の捜索は手伝えない」

「構わないわ！　魔剣は見つけたら返すわ！　シュフィ、サーラ、行くわよ！」

「はい」

「行こ行こ」

3人になってしまった「東方四星」が通っていくのをゲルハルトは、

「待て。獣人を連れて行け。こいつらは誰よりも鼻が利くからな、人捜しにゃ持ってこいだろう」

「！　それはありがたいわ！」

「――ちょっと待ったァ！　俺も一緒に行ってやるぜ！」

キンガがやってきた。

「あのバケモノは俺の獲物だったんだぞ!?　それを勝手にやっちまいやがって！」

「くっくっく。威勢のいいのは結構だが、そこの嬢ちゃんの魔法で通路が閉ざされたとき、いちばん泡食ってたのはお前だったじゃねえか」

「なっ!?　て、てめえ、どこぞの盟主獲ったからって調子乗るんじゃねーぞ！」

「もう、こっちは急いでるのよ！　来たいなら好きにして！」

「あっ、待てコラ！」

獣人兵だけでなく、なんだかんだ「キンガウルフ」のメンバーもついてくるが5人程度で、魔力の切れた魔法使いたちは置いていくようだ。魔法使いを守らず逃げ出した男メンバーは今のところ見当たらないが、そこまでセリカが気にする余裕はなかった。

セリカたちは崩落現場から真っ直ぐ大空洞を突っ切っていく。

「――あそこが第7層への通路ね！」

やがて「6」と書かれた壁面の下、第7層に通じる下りの階段を見つけた。

「クソが。第7層だと？　あんなバケモノ以上のモンスターがいるってのかよ」

キンガはぶつぶつ文句を言っていたが、それでもついてくるらしい――「引くに引けない」という感じであるが。メンバーの女たちは不満そうな顔だった。

第7層へと続く階段はぐるりとカーブを描くようになっており、セリカを先頭に10人以上の集団が降りていく。長い長い長い階段だ。

「ッ⁉」

すると、再度の地響きとともになにかが崩れる音が聞こえてきた。

「この先よ！」

セリカが走り出す。

「うっ、これって……！」

曲がりながら降りていった階段の先にあったのは、破壊された壁面と、崩れ落ちた階段だった。

崩落の影響がこれほど遠くまで影響しているのかと思ったが、階段を下り続けた結果、ぐるりと大空洞の反対側――つまりセリカが魔法を使った場所の真下にまで移動してきたのだろう。

崩れた壁面から第7層の光が射し込んで来ており、階段はその先で途切れている。がれきと土砂に埋まっていた。

だが問題はそれだけではなかった。

「え、ちょっ、なにこれ⁉」

先ほどよりも大きな地揺れが始まったのだ。

「うおっ⁉　やべーぞ⁉」

「助けてくれっ」

獣人たちが騒ぎ出す——が、ひとり冷静に身をかがめていたセリカは、見た。

「な、なによ……あれは……!?」

この揺れの原因となったものが、出現するのを。

強烈な揺れが起き、崩れ落ちた壁面のがれきがソリューズの近くにも落ちた。

「うっ……」

気を失っていたソリューズが目を覚ますと、そこがどこなのか一瞬わからなかった。

傍らには見慣れぬリュックサックが置かれていて、周囲は薄暗い。

そうだ、自分は空からここに落ちてきて、ドラゴンに遭遇したのだ——。

「——シルバーフェイス……ヒカルくん!?」

それを倒したのは確かにシルバーフェイスだったはずだ。ほとんど言葉を交わすこともなく自分は意識を失ってしまったが、シルバーフェイスがいたはずだ。

だけれど冷静に思い出しているヒマはなかった。

ぐらぐらと揺れる地面。崖から落ちてくるがれきと宙を漂う土埃。

「ゴホッ、ゴホッ……。な、なにが起きているんだ……」

見上げたソリューズの目には、壁面に「7」という巨大な数字が光っているのが見えた。そしてその下に、大きな文字で、

『お前は殺す』

とあった。

「!!」

揺れはどんどん強くなるが、避難どころではなくソリューズはそこから目を離せなかった。「7」と書かれた壁面が割れ、中からなにかがせり出してくるのだ。

ずしん、と一歩を踏み出し、ごしゃっ、と土砂を払いのける。

「泥人形(ゴーレム)……!? だけど、こんな巨大なものは見たことがない……!」

立ち上がったゴーレムは、キマイラが、ドラゴンが、冗談のように思えるほどの巨体だった。土くれの巨人である。

「逆ギレかよ……。あの女はほんとに性格悪いな」

「!? ヒ、ヒカルくん!?」

真横に、空気から湧いて出たようにヒカルが現れた。

「ソリューズさん、歩けますか?」

「え、ええ……」

「荷物は持てますか。できれば持っておいてもらえると助かるんですけど。ダメならその辺にほっといて逃げてください」

「この程度の荷物なら問題ないけど——あなたはなにをする気?」

「ん？」

目の前には巨大なゴーレムがいて、その顔面には「7」の数字と「お前は殺す」という文字が書かれている。

この「お前」が誰を指すのか――前後の状況を理解していないソリューズであっても推測はできた。「お前」とは「シルバーフェイス」なのではないか、と。

しかしヒカルは、気にした様子もなかった。

「なにをする、って……決まってるでしょ。あの人形を壊すんだ」

ただなにげなく、それこそ天気を聞かれて答えるようにヒカルは言った。冒険者ヒカルのときと全然雰囲気が違う。なんの気負いもなく、過信や傲慢さもなく、それがただ「当然」と考えていることは明らかだった。

（……えっ？）

このとき、ソリューズは自分の胸がどきりと高鳴るのを感じた。

シルバーフェイスは冒険者ヒカルのはずだとわかっている。だけれどどうしてもソリューズには、ふたりの人物像が一致しなかった。でも確かに――記憶はあいまいだけれどそうとしか考えられない――彼はドラゴンを倒した。

そして今、あのドラゴンすら簡単にひねり潰せそうなゴーレムを「倒す」という。

「ソリューズさん、離れていて。崖が崩れたら広範囲が危険になります。さすがにあなたを守っては戦えない」

「あ、ああっ。わ、わかった」

どくんどくんと、うるさいほどに心臓が鼓動を刻む。冒険者ヒカルが、いや、シルバーフェイスこそが、「強さ」そのものなんじゃないか——そう考えてしまう。たったひとりで巨大ゴーレムに立ち向かうなんてナンセンスで、無謀もいいところだったが、それでもソリューズは止めなかった。彼ならば倒せるのではないかと思ってしまったからだ。

ヒカルは宙に向かって人差し指を伸ばし、何かを数えるような、あるいは指差すような仕草をしている。それにどんな意味があるのかソリューズにはわからないが、

(ほんとうに、ほんとうにあのゴーレムを倒せるというの……?)

疑問と、期待と、不安と、好奇心とがないまぜになり、どくんどくんとうるさい心臓もまた彼女の体温をぐっと押し上げていたのだった。

ヒカルの目には「ソウルボード」が見えていて、あのゴーレムと戦って勝算があるとすればこの「ソウルボード」だろうと思っていた。

離れていろと言ったのにその場に突っ立ってこっちをじっと見つめていたソリューズを「急いでください」と追いやり——軽々とヒカルの荷物を持てたのでやはり鍛えている冒険者は違うなと思ったのだが——それからヒカルは「ソウルボード」をいじりだした。ソ

リューズが「なにを数えているんだろう」と思ったのは「ソウルボード」の操作である。

幸い、ゴーレムはまだきょろきょろと周囲を確認しているところだ。あの巨体はダンジョンの壁面を利用してできているので、それによって生じた土埃（つちぼこり）がとんでもなく広がっていて、崖の下にいるヒカルたちまでは見えていないようだ。

（状況を整理すると、まずソアールネイは僕がどのフロアにいるのかまではわかるが、僕がフロアのどのあたりにいて、なにをしているかまではわかっていない。「魔力探知」で見ても、ゴーレムの内部には魔術機関が詰まっていて、遠隔操作の類じゃない。つまりあのゴーレムはソアールネイが動かしているのではなく自律型だということになる）

ヒカルは「ソウルボード」を操作した。

残り8ポイント。これをどう振るかというと——。

【ソウルボード】ヒカル　　年齢15／位階41／0

【生命力】

【自然回復力】1／【スタミナ】1

【魔力】（アンロックのみ）

【筋力】

【筋力量】4／【武装習熟】—【投擲（とうてき）】2

【敏捷性(びんしょうせい)】
【瞬発力】6／【柔軟性】1／【バランス】3／【隠密(おんみつ)】―【生命遮断】5（MAX）
・【魔力遮断】5（MAX）・【知覚遮断】5（MAX）―【暗殺】3（MAX）
・【集団遮断】3
【直感】
【直感】3／【探知】―【生命探知】1・【魔力探知】5（MAX）

ヒカルは「敏捷性」系統の「瞬発力」を1から6に、「柔軟性」を新たに取得し、「バランス」を1から3にした。

今までの経験上、「ソウルボード」で満遍なく能力値が上がっている者と、一芸に特化した者とを比べると、後者が圧倒的に強い。ヒカルは自分の特徴はあくまでも「隠密」にあると自覚しているので、それを補強するスキルを選んだのだった。

（「直感」にもうちょっと振りたかったし、なんなら魔法も使ってみたいけどなぁ……）

だけど仕方がない。「隠密」のおかげでさまざまなピンチもくぐり抜けてきたのだ。

ヒカルは一歩走り出した瞬間から、「瞬発力」の恩恵を感じた。数歩で今までのトップスピードが出る。ジャンプはどうだろう。

「おおっ」

地面をしっかり噛(か)んで跳ぶと、ヒカルの身体はふわりと浮いて、何メートルも先にあるがれきに飛び乗ることができた。

「あとは、あのゴーレムに『隠密』が通用するかどうかだけど」

ヒカルの「直感」は大丈夫だろうと囁(ささや)いていた。それにはヒカルも同感だった。魔術によって動くゴーレムは、魔術に頼って敵を捕捉する。その魔術は対象の生命力や魔力を探知するものだから、ヒカルの「生命遮断」「魔力遮断」が効果を発するだろう。

「よし、行くか」

ヒカルは風のように跳んでいく。

鈍重ながら迫力のあるゴーレムは、ビルが動いているように見えるほど巨大だ。

これだけ大きいととにかく目立つ。

『ギィャァアアアアアア』

『アァオッ！　アァオッ！』

この階層に棲んでいるドラゴンがゴーレムに気づいて吠(ほ)えだした。

『…………』

するとゴーレムは、一軒家ほどもある拳を振り下ろし、地面を這(は)っていたドラゴンを一瞬でつぶした。

『…………』

これを見ていた他のドラゴンが逃げていく。どうやらこのフロアはドラゴンばかりがいるらしい。ゴーレムは逃げていくドラゴンをじっと見ていたが、追わないようだった。

「おい、こっちだ」

ヒカルは「隠密(おんみつ)」を解いて声を掛けた。ゴーレムはゆっくりと振り返るが――そのまま遠心力に従ってヒカル目がけて腕を振り抜いた。

がれきの山が吹っ飛び、第7層の壁面がえぐれる。

(あっぶな～!)

すでにヒカルはその場にいなかったが、遠目に見るとゆっくりな腕の振りも、加速されると時速100キロを優に超えてくる。

「バーカ、こっちだよ。お前の創造主と同じでマヌケだな」

『…………』

ずん、ずん、と近づいてきて、今度は両腕を振り下ろしてきた。

これまた壁面をえぐり、がれきを吹き飛ばす。

(うおっとぉ!)

もちろん直撃はしないし、飛び散る破片も当たらない距離にいたが、爆風に煽(あお)られて転びそうになる。とんでもないパワーだった。

「――うわああっ⁉」

「なんだよあのバケモノ⁉　やべえぞ！」

「揺れる揺れる！」

第7層に至る階段にいた獣人兵たちは大慌てだった。

「戻りましょうよぉ、キンガ様ぁ！」

すでに「キンガウルフ」の女性メンバーは泣き出している。

「お前らだけでも戻ってろ！　アイツらが踏ん張ってんのに、この俺がしっぽ巻いて逃げるわけにゃいかねえだろうが……！」

キンガが指差したのは、崩壊した壁面から身を乗り出して第7層を見つめているセリカと、彼女が落ちないように服の背中をぎゅっとつかんでいるサーラだった。

「な、なんでアイツがここにいるのよ……シルバーフェイスじゃない！」

セリカは叫んだ。距離があると「隠密」の効果は薄れてしまうので、セリカの位置からはフードがあって顔はよく見えないが、どうやら銀の仮面を着けているらしい少年の姿が見て取れる。

しかもその銀の仮面――ほぼ確実にシルバーフェイスは、土砂の山をひらりひらりと跳んで登り、今は渓谷の上にまで到達していた。そして勢いをつけるとゴーレムの背後から背に飛び乗ったのだ。

「な、なんでアイツがここにいるんにゃ⁉」

サーラも驚愕していたが、それはセリカの驚きとは意味合いが違った。セリカと違い、サーラはシルバーフェイスがヒカルであることを知っているし、そしてヒカルが日本にいたことも知っている。

（え⁉　え⁉　ポーンソニアの王都に残ったポーラちゃんが「世界を渡る術」を使ったの⁉　でもあの倉庫が壊れて使えなくなったんじゃなかったっけ⁉　ていうか、もし使ったんだとしてもこの大迷宮の第7層にいるのはなんで⁉　ウチらをいつの間にか追い越したってこと⁉）

全然わからないが、サーラの記憶と照らし合わせると、あの身のこなしはシルバーフェイスであるのは間違いなかった――異様なまでに身体能力が上がっているようだが。

「あっ」

シルバーフェイスがゴーレムの背中に張りつくと、ちょうどゴーレムが身体を反らしたところで、彼は振り落とされそうになる。それを、右手だけでつかまってぶら下がっている。すぐに左手がとっかかりをつかみ、足もまた出っ張りに乗った。

「ふう……冷や冷やさせないでほしいわ！」

「そうだにゃ！」

「いや。安心するのは早いぜ！　見ろ、あれを！」

なぜかセリカとサーラの横にキンガもやってきた。

ゴーレムは、両足を地面に踏ん張ったまま上体をぐるぐると独楽（こま）のように回転させたのだ。腕を伸ばして水平に保っているので、周囲の壁やギャアギャアわめいているドラゴンたちを弾（はじ）き飛ばしていく。

戦いと呼ぶにはあまりにも一方的な破壊行為だった。

ドラゴンの声が聞こえない――全滅したのだろうか。

やがて回転が落ち着いていくが、土埃（つちぼこり）がまたも舞って視界が悪くなっている。

「シ、シルバーフェイスは!?」

「さっきのところにはいないよぉ！」

「違う、ヤツはもっと上だ！」

見るとすでにシルバーフェイスはゴーレムの後頭部に張りついていた。

「あの野郎、巨体が回転してるってえのに着実に登っていきやがった。とんでもないバランス感覚だぜ。まあ、俺だってあれくらいはできるが――」

次の瞬間、ゴーレムが右腕を折り曲げて後頭部をバシンと叩（たた）いた。

「あっ!?」

「ぎゃー!?」

「うおわ!?」

だが右手が離れたそこにシルバーフェイスはおらず、頭のすぐ下に移動して難を逃れていた。

「ほっ……」

「あ、危なかったにゃ……」

「驚かせやがって……じゃねえぞ、アイツなにやる気だ⁉」

ゴーレムは岩石や土を魔術によってつなぎ合わせて造られており、当然ながら岩と岩の間には隙間ができている。

シルバーフェイスは、ゴーレムの首の付け根にある隙間に頭を突っ込んだのだ。

当然、ゴーレムがちょっとでも動けば隙間――関節は縮まるので、シルバーフェイスの頭はすり鉢のゴマ粒のように簡単に粉砕されることだろう。

「ぎゃああああああ⁉」

「なにしてるにゃー⁉」

「おいおいおいおい⁉」

そしてゴーレムは再度動き出す――はずが。

ぴたり、とその場で止まった。

まず最初に腕の先の岩が落ち、次に背中の一部が落ち、ぐらりと「7」と書かれた頭部が傾くと、ゴーレム全体が崩れ落ちていく。

「え……？」

観戦していた3人はなにが起きたのかわからなかった。ただ言えることは、ゴーレムが活動を停止したということだった。

崩れていくゴーレムの身体から跳んだのはヒカルだった。

ゴーレムは魔術で動いている。人間の全身に血が行き渡るのと同様に、ゴーレムという巨体であってもそれを動かすのは魔術という血管であり魔力という血液だ。ヒカルの「魔力探知」でその魔術ははっきりと見えていた。

各フロアの壁面にゴーレムが仕込まれているかは確認していない。でも緊急事態を想定していたのかどうかはわからないが、魔術はあらかじめ用意されていて、しかもソアールネイが遠隔で起動できるようにしていたのだろう。とはいえゴーレムは単純なプログラムしかされておらず、第7層の住民であるドラゴンをも敵だと判断して攻撃していた。

巨体なので、岩石の奥深くに魔術があると破壊するのは難しいが、運良く首の付け根から身を乗り出せば手が届くところに根幹となる魔術の一部があり、ヒカルはそれを短剣で断ち切った。

こうなれば巨体は動きを止め、崩壊する。

（今回手に入れたアイテムの中じゃ、この短剣がいちばんのめっけものだったかもしれな

いな)

ひらりと地面に降り立ったヒカルは、短剣を鞘に戻した。肉を斬り、壁を斬り、魔術を斬る。刃渡りこそ短いが、切れ味がすばらしい。今度研ぎに出しておこう。

「おい!　上に誰かいるんだろ!!」

土埃が落ち着いてくると、ヒカルは第6層へとつながる通路に向かって叫んだ。「魔力探知」でそれがセリカたちであることはわかっていたが、他にも誰かいるので気づいていないフリをする。

「――アンタ、シルバーフェイスなの!?」

セリカの声が降ってくる。

「そうだ!!　崩れた壁面はゴーレムが吹っ飛ばしたはずだからもうちょっと下まで下りれるだろう!?　そこからロープを垂らしてくれ!」

最初、ヒカルがゴーレムを挑発して攻撃をさせたのは埋まってしまった第6層への通路、そこにあるがれきをとりのけるためだった。荒っぽくはあったが、おかげで脱出ルートは確保できそうだ。

「『東方四星』のソリューズ＝ランデもいるぞ!　急ぐがいい!」

ヒカルがダメ押しで言うと、わあわあ騒ぎながら大急ぎで彼女たちは動き出した。

「あーあ、これでようやく帰れるよ……まったく長かった」

ヒカルがゴーレムの残骸から離れると、ソリューズがそう遠くないところに立っていた。

「ありがとうございます。荷物、持っててもらって」

呆然(ぼうぜん)としているソリューズに――彼女らしからぬ様子を怪訝(けげん)に思いながらも、疲労とダメージのせいだろうとヒカルは判断した。荷物を受け取ったヒカルは、

「……セリカさんたちがすぐそこまで来ていますよ」

「！」

彼女の意識がようやく戻ってきたようだ。

「セリカとサーラか……？」

「ええ、そのふたりじゃないかな、って思ってますけど。ともかく、ソリューズさんはひとりじゃ登れなさそうですね」

えぐれた壁面からロープが下りてきたが、10メートルほどは登る必要があるだろう。

「はい」

ヒカルがしゃがんで背中を向けると、

「……え？」

「背負いますよ。子どもみたいでイヤかもしれないですけど、そうも言ってられない」

「だ、だけど、そのぅ……」

ソリューズがなにか言い淀(よど)むようにもじもじし始める。

「なにか？」

「私は……その、重くないか……？」

「は？」

ていうか今さらそんなことを言うタマかよ、とヒカルは言いたいところである。冒険者なんだから合理的に行動すべきだろうと――このときヒカルはソリューズの心の変化にまったく気がついていなかったというだけなのだが。

「いや、その！　装備が！　装備品の重量があってだね!?」

「たいしたことはないです。大体、ソリューズさんを負ぶってここまで歩いてきたんですよ？　今さらなにを言うんですか」

「え!?　そ、そうだったのか？」

「早く行きましょう。他のドラゴンが来る前に」

「う……わ、わかった」

恐る恐る、という感じでソリューズが背中に乗ってくる。戦利品と合わせるとなかなかの重量ではあるが「ソウルボード」の「筋力量」を4に上げた今なら問題ない。

それよりも、いつものソリューズとは違う煮え切らない態度のほうが気になった。なんだか、初めて都会にやってきた村娘のような、初々(ういうい)しい感じすらあったのだ。

（ま、いいか）

ヒカルはソリューズを背負って歩き出す。身を乗り出しているセリカとサーラの姿が見えた。

ソリューズは背負われながら、今起きているすべてが現実感のないふわふわしたようなものだという思いを拭えなかった。

あのドラゴンすらオモチャ扱いしたゴーレムを、シルバーフェイスはいともたやすく倒してしまった。その「強さ」の底が知れない。

(以前の戦いぶりでは、あんな跳躍力も身のこなしもしなかった……ずっと手の内を隠していたということ……？)

この大迷宮でヒカルの「魂の位階」が上がり、その結果手に入れた力だから当然、以前はそんなことはできなかったのだが、ソリューズはそれを知るよしもない。

(私は、大迷宮に挑み、アインビストの盟主ゲルハルトを救い出し、そしてキマイラも討伐した……)

自分の信じる「強さ」を手に入れたのだと思った。

(でも、上には上がいるんだな……)

ドラゴンを目の当(ま)たり(あ)にしたとき、ソリューズは思わずサンドラの名前を呼んだ。

だけれど現れたのはシルバーフェイスだった。

シルバーフェイスが全盛期のサンドラよりも強いのは明らかだ。

(……温かい)

背負われた身体は、シルバーフェイスの熱を感じる。現実感のないふわふわした出来事が続いたけれど、それでも、シルバーフェイスの温かさだけは事実だった。

ソリューズは今まで感じたことのない感情に揺れていた。冒険者として独り立ちしてから初めて、誰かから一方的に守られたこと。圧倒的な「強さ」を見て、嫉妬や焦りよりも安心感を覚えたこと。ヒカルとシルバーフェイスという二面を持つ少年への好奇心。

(もっと知りたい。あなたのことを)

そう、思うのだった。

シルバーフェイスは自身が言ったとおり、荷物とソリューズを背負った状態でもするするとロープを登っていく。その身体にそれほどの力があるとはまったく思えなかっただけに驚きだ。

でもその驚きすらも、今は好ましく思える。このまま彼に身を委ねていても安心だと思っている自分こそ驚きだった。強くあらねばならない、強くなければ自分の身を守れない、とそう信じてきたソリューズにとっては「東方四星」の仲間であっても守るべき対象だったからだ。

今は——シルバーフェイスの「強さ」を目の当たりにした今となっては、素直に、守られたいと思える気がした。心の底から安心したせいか、彼女の緊張の糸は切れ、またも睡魔が忍び寄る。

「――ソリューズっ！」

「――よかったにゃ～～生きてるにゃ～～！」

離れていく地面とは逆に、仲間の声がはっきりと聞こえるようになってくる。上からもロープが引っ張られ始めたようで、ふたりの身体はどんどん上昇していった。

◇

「な、ななな、なんでなのっ!?　なんで魔力残量は十分あったはずなのにゴーレムが強制的に駆動を止められてしまったの!?」

ソアールネイは叫んだ。珠の並ぶ部屋の隣にある、こぢんまりした部屋だった。無機質な四角い部屋の壁面には、光を放つ巨大な魔術式が浮かび上がっており、その一画が完全に暗く沈んでいた。

「あのゴーレムが倒されたということ!?　そんなバカな！　ちょっと魔術に詳しいだけの者がどうこうできるようなものじゃ……いえ、もしかしたら第6層の者と合流した!?」

ハッとしてソアールネイが隣の部屋に移ると、第7層の珠は青くなり、第6層と第5層が黄色くなっていた。こちらの世界に戻ってきてから、ヒカル以外の侵入者があったことをソアールネイは把握しており、追加で第1層から下ってくる者にも気づいていた。

「クソッ！　クソクソクソクソッ！」

その部屋の壁面には、見慣れぬ言葉が光っていた。

『いちいちねちっこいんだよこの偏執狂が！　サーク家だかなんだか知らないが僕は1ミリも興味がないし、すごいとも思ってない――』

ヒカルが魔術を逆に利用し、送り込んできたメッセージだ。

「これほどの侮辱を受けたのは初めてよ……!!」

サーク家の栄光に泥を塗られたとソアールネイは感じていた。身体中が熱くなり、いつ噛んでしまったのか唇から一筋血が垂れている。

「殺してやりたいけど、第6層以上にはゴーレムはない……。だけどあきらめないわ。どうにかして、どうにかして一泡吹かせてやる……！」

そのとき、ソアールネイはなにかに気がついたようにハッとした。

「……くくっ、くくくくく！　そうだったわ。そうだったそうだった。あの仮面野郎は、どうしたってこの大迷宮に戻ってくることになるわ」

それはなにか、確信めいたものを感じさせる言葉だった。

「絶対に戻ってくる！　そのときは覚悟しなさい!!」

目を血走らせて、ソアールネイは叫んだのだった。

◇

第7層からのソリューズの帰還は驚きを持って迎えられた――それはそうだろう、100メートルを優に超える高さから落下したのに生きていたのだから。ソリューズ自身の力もさることながら、「蒼の閃光（ブルーフラッシュ）」の力も大きかったのではないかと思われたが、それはともかく、シュフィが全魔力を注いで治療したので、翌日にはソリューズは無事に動けるようになっていた。

「蒼の閃光」が折れてしまったこと、そして鞘（さや）も放り出したので回収不能であることを知るとマリウスは「仕方ないな」と言ったが、「蒼剣星雲」のパーティーメンバーは納得できないような顔をしていた。もちろん、表立っては言わないが――ソリューズが生きて戻ったことにケチをつけることになるからだ――この先の「蒼剣星雲」は厳しいパーティー運営を迫られるかもしれなかった。良きにつけ悪しきにつけ、「蒼の閃光」に惹（ひ）きつけられたパーティーだったからだ。しかもマリウスは、教会から派遣されている回復魔法使いをひとり失っている。冒険者パーティーに加入するということは危険にさらされることであるから、死そのものは仕方がないことだと言える。だが死んだ彼女以外全員が生き残っているというのは教会に対して悪い印象を与えるだろう。マリウスのパーティーにはもう聖職者を派遣しないと言うかもしれない。

「マリウスのとこも災難だわなあ。魔剣も折れて仲間も死んだのに、手に入るのは小銭程度じゃねえか」

　第6層の大空洞でキャンプ中にキンガが言うと、

「それでもまた、人が集まるわ！　最後にものを言うのは己の振る舞いだもの！」

　セリカが答え、

「立派な人だからねぇ～。人間、なかなかああはなれないにゃ～」

　とサーラも言う。

「だがなあ、マリウスはもう歳だぞ。こっから仲間集めなんてやってらんねーだろ」

「パーティーをいくつかまとめて運営するのもいいわね！　企業化するのよ！」

「キギョウ……？　なんだそりゃ？」

「たまにセリカはよくわからないこと言うにゃ～」

「俺にゃ難しいことはよくわからねーが、マリウスはいちいち地味なんだよ。魔剣がなくなったらマリウスなんてパッとしねえ冴えないオッサンだ」

「そういう人のほうが社長には向いているわ！　というか――」

　薪はないので魔法で温めたポットから、マグカップにお湯を注いでいるキンガに、

「なんでアンタはしれっとここにいるのよ!?　アンタの巣はあっちでしょーが！」

　ビシッとセリカが指差した。

　少し離れたところに「キンガウルフ」のメンバーがいるのだが、女性メンバーたちはビッキビキに青筋を立ててこちらをにらんできている。

「んなの、俺の自由じゃねーか」

「アンタがこっちにいるとアンタの女どもが面倒なのよ！」

「あ～？」

　キンガがメンバーのほうを向くと、彼女たちは瞬く間ににこやかな笑顔になってこちらに手なんか振っている。

「可愛いもんだろ。アイツら、俺にベタ惚れなんだ」

「全然可愛くないわよ！　アンタ、なんにもわかってない！　今に刺されるわよ!?」

「女に刺される人生だったら最高の人生だってことだろ」

「大体、なんかキャラ変わってんのよアンタ！　そもそも狙いだってソリューズだったんでしょ!?」

　ダンジョンに入る前、キンガは確かにソリューズに声を掛けていた。俺のパーティーに合流しろと。合流ということはセリカたちも含まれるのかもしれないが、狙いはソリューズのはずだ。

「あー……」

キンガはぽりぽりと後頭部をかいた。

「……ソリューズちゃんは、ちげえわ」

「違うってなにがにゃ？」

キンガが見たので、サーラもつられて眠るソリューズを見やった。静かに眠っている。

「バケモンだ。俺はあの瞬間まで、キマイラを倒せるなんて思いもしなかった。それによ、その後の崩落で第7層に落ちて１００パー死んだと思ったら、生きて戻ってきた。バケモンだ。俺とはちげえよ」

「……まあ、確かにすごいわよね！」

セリカもソリューズの底知れぬ強さを知っていたが、これほどとは思わなかった。そこで眠っている姿は年相応の女性——まだ20歳にもならない女性なのだが。

とはいえ、

「でもそれ以上なのがシルバーフェイスよ！」

「そう、そこなんだよ！　なんなんだアイツは⁉　っつーか、ソリューズちゃんを置いたらいなくなっちまったろ！」

「そうなのよ！　ていうかなんでここにいたのよ！」

「お前ら、アイツについて知ってることがあったら教えてくれよ」

「およ？　ソリューズにはかなわないって思ってるのにシルバーフェイスには勝てると思ってるのかにゃ？」

「——そうじゃねえ。金輪際アイツに近づかないようにするためだ」

　からかったつもりのサーラだったが、キンガから真顔で返されてしまった。

「俺だってわかってるさ。どんなにすさまじい武器があっても……それこそ『蒼の閃光（ブルーフラッシュ）』みたいなもんがあっても、勝てる相手と勝てない相手がいる。だがシルバーフェイス、だったか？　アイツは違う次元にいる。戦闘はまだまだ素人（しろうと）くささがあるってのに……まるで自分が殺されないことを知ってるかのような動きをしてた。ああいう手合いはヤバイんだ。まったく思いも寄らねえことをしてくるからな」

「…………」

　サーラはシルバーフェイスがヒカルだと知っているし、彼の強さには日本で過ごした記憶も影響しているのだろうと思っている。日本にはこちらの世界とはまったく違う文明があり、そこでの考え方や知識は、こちらの世界での戦闘にも活かせるだろう。

　だけど、確かに、それだけではない——なにかを彼が持っているような気がしていた。

　それは「直感」5を持っているサーラにとっては確信に近いものではあった。

「あんなんがいるとわかったから、俺は俺なりに、できる範囲でやると決めたのさ。最初、ソリューズちゃんたちがゲルハルトを救いに走ったのを見たときには、『負けてられるか』って思ったぜ？　俺だって英雄になる資格はあると信じてたしな。だが、今はそうは思わねえ。英雄ってのはなるべくしてなるもんだ。俺の英雄ごっこは終わりだ」

「それじゃ、アンタはもう冒険者を辞めるっていうの!?」

「そういうことじゃねえよ、セリカちゃん。俺は俺のやり方で冒険者としてやってくってこった。つまりな――」

キンガは清々しい顔で言った。

「気に入った女を抱く、これだけだ！　というわけでセリカちゃん、俺と一発やらねえか――ぶべっ」

セリカの杖が振り下ろされてキンガの脳天を打った。

それから――すさまじい勢いで「キンガウルフ」の女性陣が走ってきて、やれ暴力的だの、やる気かコラだの、いろいろ言ってきたが、キンガ自身がゲラゲラと笑って「フラれちまったわ」なんて言って引き返していったので、その場はおしまいとなった。

「東方四星」、「蒼剣星雲」に「キンガウルフ」、そしてアインビスト軍とゲルハルトが地上へと帰還したのはその2日後だった。後続であるランクCより下の冒険者たちも大迷宮に入っていたようだったが、すでに地上に引き上げたあとだった。

ゲルハルトが明るい地上に出ると、先触れが出ていたこともあってアインビストの獣人軍、それに神殿兵がずらりと待っていた。

「ご帰還をお待ちしておりました」

その先頭にいたのは副盟主のジルアーテだった。

「おう、待たせたな。悪いが、死んだ連中のことは頼んだ」

「……はい」

死亡した兵士の家族への連絡、弔慰金の支払いなどがある。

獣人軍100名のうち、34名が死亡、重傷者も数名いて、彼らは今後兵士として活動できるかどうかは微妙というところだった。

それでも獣人たちからは「盟主の判断ミスだ」とか「こんなビオスくんだりでくたばっちまったのは盟主の責任だ」という声は上がらない。

彼らは納得して迷宮に潜り、死んだのは「そいつが弱いから」だと考えている。そう思うと、死んだ兵士たちに対して気を遣うゲルハルトのほうが変わっていると言える。多くの種族の獣人が暮らす中央連合アインビストにおいて、盟主という立場になると多くの者と接する。そこでゲルハルトが得た多様な考え方なのかもしれない。

「――ソリューズ」

ゲルハルトの出迎えが終わるとジルアーテはソリューズたちのところへと向かった。

「感謝する。盟主を救い出してくれて」

「私たちは任務を遂行しただけだから、頭を下げることはないよ」

「伝令から聞いたんだ、あなたたちの活躍を。かなりぎりぎりの戦いだったそうじゃないか……あなたたちがいなければ、盟主の命は危うかったんじゃないかと私は思う」

「そう？　それなら報酬をはずんでもらわなくちゃ」

「………………」

「……ん、どうしたんだい、ジルアーテ。今のはちょっとした冗談だったのだけれど」

「いや、そうではなくて……なんだかあなたの雰囲気が変わったような気がして」

「そうかい？」

にこりと微笑んだソリューズ。今までだって彼女は自然体のように見えていたけれど、それでも今のほうが肩肘張っていない、作り物でない姿のように思えるのだった。

それがシルバーフェイスのせいなのだとジルアーテが知るのはもう少し先だし、それどころかこの大迷宮に彼がいたことすら知らないジルアーテからすると、

（キマイラとは激戦だったと聞いた。きっと戦いを通じて彼女は成長したのだろうな）

なんて見当違いのことを思うのだった。

「それより、こちらの情勢は？」

「え、ええ……あなたたちのおかげで、迷宮からあふれ出すモンスターはかなり減ったわ。最低限の兵力でここの掃討戦を行い、別働隊を組んで森林地帯に逃げたモンスターを

追うつもり」

「森林地帯か……」

「もちろん全部を倒しきることなんて不可能だから、できる範囲でやるしかないし、あなたたちに追加の依頼をしたりしないから、安心して休んでいて」

「そうだね。私たちもすこし休憩が必要かもしれない――」

「シュフィ殿！」

そこへ、聖都アギアポールから前線に派遣されている老齢の司祭がやってきた。

「このたびの活躍、聞きましたぞ。すばらしい働きであったとか」

「え、ええと……わたくしだけではありませんわ。アインビストの皆様がほとんどのモンスターを倒してくださって……」

「その盟主殿を救ったのがソリューズ殿と聞きましたぞ。いや、すばらしい！」

戸惑うシュフィをよそに、まくし立てる司祭を見てジルアーテはピンと来た。

大迷宮とそこからあふれ出した悪魔系モンスター掃討の手柄を、アインビストに全部持って行かれたくないのだろう。アインビストとの戦争によってビオスはだいぶ消耗してしまったので、これ以上の報奨金やらを持って行かれるのはたまらない。

だからヒト種族であり、教会組織――つまり聖ビオス教導国側のシュフィ、彼女のいる「東方四星」の活躍をことさら強調したいのだろう。

「――司祭殿、私たちは少々疲れているのでこれで失礼したい」

ソリューズも司祭の思惑に気づいたのか、面倒そうに言うと話を打ち切ろうとした。

「それはそうでしょうな！　では、聖都に宿を用意しておりますのでぜひともそちらにお越しいただきたい。もちろん、他の冒険者の皆様もいっしょに」

「……わかりました、世話になりましょう」

強硬な態度を取り続けても教会との関係が悪くなり、ひいてはシュフィを「返せ」と言われるかもしれないという弱みもあって、ソリューズはそこで折れた。

「ジルアーテ殿、また」

「ええ……また」

この場で口にする「また」という言葉にはさほどの意味はない。ソリューズたちはランクBという高ランクの冒険者だが、活動の拠点はポーンソニア王国だ。お呼ばれして聖都アギアポールには来たが、やがて中央連合アインビストに帰るジルアーテに会うことはもうないだろう――。

（そういえば、ジルアーテ殿はシルバーフェイスと行動をともにしていたことがあった……）

ジルアーテに背を向けて歩きながらソリューズはふとそんなことを思い返したが、一方のジルアーテは、

（また・・ソリューズには会うような気がする）

そう感じていた。

ふたりをつなぐ縁があるとしたら、それはまさしくシルバーフェイスに他ならないのだけれど、今のふたりがそれを知ることはない。

なんか倒れていた老人を救ったら、教会がぴかぴかになった。それはいい。

ぴかぴかになっただけでなく日々豪華になっている。それもいい。

教会に毎日人々が押しかけてくる。それも……まあ、いいだろう。

「ふぇ、えぇぇ……」

だけれど、

「な、なんですかこれはぁ!?」

ポーラが——「彷徨の聖女」が「彷徨える光の会」の教祖みたく祭り上げられ、精霊魔法石を探しているのだと打ち明けてから数日経った日の夜。

教会には色とりどりの精霊魔法石が集められ、むせかえるほどの魔力が満ちていた。

信徒たちが集めてきた精霊魔法石は大きさもさまざまで、大きいものはラグビーボール大――今、市場が高騰しているというのにこれほどのサイズだといくらするのか、ポーラは考えたくもなかった――であり、小さいものはビー玉ほどまであった。

夜も遅いというのに小さな子が精霊魔法石を握りしめて「はい、聖女様！」と差し出してくるのだからポーラも断れない。

「う、ううぅ……」

ポーラがいつも座る、教会の祭壇前の椅子。その周囲には精霊魔法石がうずたかく積まれていた。

「いかがでございましょう、聖女様」

最初に治療した下町の老人が得意げに微笑むと、信徒たちは褒めてほしそうにこちらを見ている。

「え、ええと、そのぅ」

こんなに集まるとは思わなかった。考えたくはないが、やっぱり考えてしまうのは、いったいどれほどのお金が動いたのだろうかということだ。

「や、やっぱりこれは受け取れません――」

「――全員動くなァッ！」

教会の入口から踏み込んできたのは、深緑の制服に身を包んだ連中だった。

「我らは王都長官直属の特別捜査官である！『彷徨える光の会』、および『彷徨の聖女』

を名乗る女よ、精霊魔法石取引市場における『相場操縦』また『作為的相場形成』の疑いで検挙する！　おとなしく縄を打たれよ!!」

「え……」

えぇぇえぇぇぇぇ!?　とポーラは叫びそうになるのをぐっとこらえた。

いや、ほんとうは叫びたかったのだが、叫ぶ前に、

「おいおい、冗談が過ぎるんじゃねえか？」

声が後ろから——そう、ポーラの後ろには祭壇しかないはずなのに後ろから聞こえてきたからだ。その人物は祭壇の陰から出てくると、ウーンと伸びをした。

野太く、しゃがれた渋みのある声をポーラは聞いたことがあった。

上背はポーラより頭ひとつぶん以上高く、着崩した服に盛り上がった胸と肩。髪は短く刈り込まれているがちょっと前までは長髪だった——弟のエドワードとのケンカで、燃やされたのだ。

そう、この人物、サーマル＝バラストをポーラは知っている。

大ケガを負った彼を治療したのがポーラ——「彷徨の聖女」であり、彼の父を治療したのもまたポーラだからだ。

「アンタが『彷徨の聖女』を騙るニセモノじゃあないかという疑いもあったんだが、どうやら本物みてえだな？」

「サ、ササ、サーマルさん……!?　なんでここに!?」

「おや、聖女様は俺のことを覚えててくださったんですかい。そりゃ光栄だ」

それに反応したのは捜査官チームの司令官だ。

「貴様！『喧嘩師』サーマル＝バラストかッ！　裏社会につながりがあるとは、『彷徨の聖女』はやはり油断ならん！」

「えぇ!?　裏社会!?　私たちが!?」

「ちょうどよかったぜ。俺らバラスト一家も王都じゃくすぶるだけだったからよ、ここらで派手にやらせてもらうぜ」

「かかれッ！　敵はひとりだ！」

「バカにするなよッ！　野郎ども、行け！」

教会の外ではワーワーと喚声があがる。どうやらサーマルの部下がいるらしい。

サーマルが長官に向かってずんずん歩いていく一方、下町の老人が叫んだ。

「避難じゃ！　避難！　腕っ節に自信がある者は聖女様をお守りしろ！」

教会は大混乱に陥った。

あちこちで戦闘が始まり、信徒の子どもや女性は逃げ出した。

下町の老人や屈強な信徒によって守られたポーラは、その隙間からサーマルの戦いぶりを見た。

「う、うわぁ……」

拳が唸りを上げ、飛び掛かってきた数人の捜査官を吹っ飛ばす。剣を持っていようがお構いなしだ。怖いものなんてないのかと言いたくなるほどためらいなく踏み込んでいる。

サーマルはあちこちに傷を負って血を流したが、勢いは衰えなかった。だが、

「ッ！」

びゅう、とすさまじい剣の一閃にさすがのサーマルも足が止まった。

「なるほど……その筋肉は飾りではないということか」

「てめえ、なかなかやるな？」

鼻の横に一筋の傷ができ、サーマルの頬を赤く染めた。司令官の攻撃がかすめたのだ。

司令官は、その地位にふさわしいほどの腕利きであるらしい。

次の攻撃ですべてが決まる――この場にいる誰しもがそう感じた。剣と拳。ふつうに考えれば圧倒的に剣が有利なのだが、司令官の慎重な構えから察するに、司令官本人は有利だとは考えていないようだ。

「勝負ッ」

「来いやァ！」

ふたりが同時に動く――。

「や、やめてくださいぃぃぃぃぃぃ！」

ポーラの声は届かない。

振り下ろす司令官の一撃はすさまじく速く、サーマルはそれを見切ったものの回避が間に合わない。かろうじて首を傾けたので頭には当たらなかったが、右耳がそぎ落とされ、剣は右肩から右腕を斬り飛ばした。

だがサーマルの左拳も司令官に届いていた。司令官の身体こそ吹き飛ばなかったが、彼の左胸にめり込んだ拳は肋骨を折り、肺をつぶした。

「が、はっ……！」

「クソが……」

ふたりがその場にくずおれるや、それを目撃した人々の絶叫が響き渡る。サーマルの右肩からは血があふれ出し、司令官の顔は紫色に変色して口からは血の泡を噴いている。

「サ、サーマルの旦那ァッ！」

「司令官！　司令官！」

部下たちが駆け寄る。誰の目にもこのふたりの命の灯火(ともしび)が消えかかっていることは明らかだった。

相討ち、と言えば聞こえはいいかもしれないが、バラスト一家の中心人物と、特別捜査官チームの大黒柱のふたりがこんな場所で無駄死ににしていいのだとはここにいる部下たちはひとりも思っていない。

「旦那ァァァァ！」

「司令官‼」

集まって泣き叫ぶ部下たちは、もう、悟っていた。ふたりのトップの目はすでに焦点が合っておらず、声を出すことすらもできない。

死ぬのだと。

「……どいてください」

ポーラが言った。

「え？　せ、聖女様――」

「どきなさい！　手遅れになる前に！」

「は、はい！」

「落ちた右腕を持って来て！」

彼女を守っていた人々があわててどくと、ポーラは走り出した。そして並んで倒れ伏す瀕死（ひんし）のふたりのそばで、詠唱を始めた。

「『天にまします我らが神よ、その御名（みな）において奇跡を起こしたまえ。右手がもたらすは命の恩恵、左手がもたらすは死の祝福。地において生ける我らに恩恵をたまわらんことを。我が身より捧げるはこの魔力』――」

即座に浮かび上がる金色の魔力は、この場にいる誰しもが知っている聖職者のそれとはまったく違うものだった。

　ポーラとて、あと1時間、いや、数十分で死に至るであろう人の前で出し惜しみをする余裕はなかった。彼女は、今持てる全力の魔力で「回復魔法」を使ったのだ。

「ソウルボード」上では「魔力量」8とある彼女の魔力は、いわゆる一般的な冒険者からすると倍以上に当たる。さらにポーラの持つ「回復魔法」8という規格外のスキルレベルが、この大量の魔力を使いこなしてしまう。

　ポーラの周囲は金色の魔力が渦巻き、その光は教会の高い天井にすら届いた。

　サーマルの部下が血まみれの手でサーマルの右腕をくっつけており、そこにポーラの右手を、部下が青ざめた顔で抱き起こしている司令官の潰れた肺に、左手を差し伸べる。

　やがて魔法が発動される。

　この瞬間、ひときわ明るい光が放たれるや、その光はふたりの重傷者の肉体に吸い込まれていく。

「あ、あああぁ……」

「なんてこと……」

「信じられん……」

　サーマルの血液が沸騰するようにあぶくを出したと思うと、細胞が伸長してみちみちと音を立て、失われた右腕をくっつけていく。斬り飛ばされた右耳は見つからなかったが、なにもなかったところを修復するかのように生えていく。

司令官の肺は服の上からはわからなかったが、めきめきと肋骨が動いて肺を膨らませていき、「ゴフッ」という音とともに司令官は血の塊を吐き出したが、その後の呼吸は一気に安定する。

ややあって、光は収束した。

「ふぅ――……」

額に大量の汗を浮かべたポーラは、光の収まった教会のど真ん中で、息を吐いた。周囲はイスが倒れ、地面がえぐれ、血が飛び散り、めちゃくちゃな状況だったが――魔法は成功した。

「これで、死ぬことはありません。ですが命が危険なほどの重傷でしたから、数日は安静にして、栄養のあるものを食べて、よく眠ることが必要です……」

とそこまで話したところで、気がついた。

なんだか……静かすぎやしないか？

「……え？」

治癒が成功したことによる歓声もなければ、あわただしく走り去る足音もなかった。

ポーラは夢中で魔法を使ったので周囲の様子に気づかなかったのだが、

「ええっ!?」

抱きかかえられたふたりの重傷者以外の全員が、ポーラに対して、地面に額がつくほど頭を垂れていたのだった。それは元々の信徒たちだけでなく、バラスト一家であろうと、特別捜査官であろうと誰ひとり例外なく。

そう、この奇跡を目撃した全員がひれ伏していたのだった。

「……なんということじゃ、なんということじゃ、ワシにだけでなくまたしても聖女様が奇跡を起こされた……」

「……ほんとうだったんだ。サーマルの兄貴の言っていた聖女様は実在したんだ……」

「……信じられない。この王都にいるどんな司祭だって治せないほどの致命傷だったのに……これじゃ中央教会でなく『彷徨の聖女』を信じてしまいたくなる……」

ポーラは気がついた。

やっちまったと。

自分の魔法がこの騒動を収めただけでなく、さらに大きな問題に発展したのだと。

（ど、どうしましょう、ヒカル様ぁ～～～～!!）

敬虔（けいけん）な祈りの満ちる教会内で、ポーラだけが声なき声を発して涙目になっていた。

エピローグ　世界と世界を隔てるもの

ようやく、ポーンソニア王都の高い城壁が遠目に見えたころには、さすがのヒカルもうれしくて涙目になった。

長かった。ソアールルネイ＝サークの「世界を渡る術」によって「ルネイアース大迷宮」の第37層なんていうとんでもないところに連れて行かれ、そこから何日もかけて第7層に至るや、空から見知った顔の冒険者が降ってきた。その後のゴーレムを相手にした大立ち回りを終え、「東方四星」や、なんでここにいるのかゲルハルトたちアインビスト獣人軍も放っておいて地上を目指し、地上に出てみたら聖都アギアポールは目と鼻の先。そりゃまあ、ポーンソニア王国のど真ん中に出るような幸運はないとは思っていたものの、国境を越えた向こうだとは。

もしかすると「世界を渡る術」を上手く利用することで二国間の移動くらいあっという間にできるんじゃ？　と思ったものの、今はそんなことを考えている余裕はない。

ヒカルはアギアポールに入り、馬を借りた――いや、買った。そのために迷宮で手に入れた宝石をいくつか手放したが惜しくはない。そんなことよりラヴィアが今どうなっているかが気になるし、ポーラも気になる。「世界を渡る術」の術式を作るには触媒集めに数日かかりそうなので、ポーラとの合流を最優先にする。「東方四星」から話を聞く時間は十分になかったが、どうやらあの古い倉庫は解体されたということで、そのせいで「世界を渡る術」を実行できなかったと聞き、ヒカルは納得した。ポーラはお留守番をしているということだが、まあ、留守番くらいならポーラにもできるはずだ。さすがにこれ以上のトラブルが待ち受けているはずはない。

「ないよな？」

と馬にたずねたものの馬は「？」という顔で走るだけだった。葦毛（あしげ）の馬は素直でおとなしく走りやすかったが、ヒカルの話し相手にはならなかった。

以前も利用した「聖隠者の布教路」という教会でも限られた者しか知らないルートを使えば、ポーンソニアの王都ギィ＝ポーンソニアまでは7日の旅程がわずか3日で済んでしまう。途中で馬を替える前提ではあったが——今回は教会の用事もなにもなく、それはできない——それでも4日で到達できた。

葦毛の馬とお別れするのは惜しかったが、馬を飼えるような生活はしていないので仕方なくサヨナラをして、「東方四星」のアパートメントに向かった。

「…………」

脱ぎ捨てられたブーツが転がり、さらに持ち主がその場で消失したかのように、ジーンズやコートが落ちていた——なんとも言えぬ既視感とともにイヤな予感がヒカルの身体を貫いた。リビングは地獄の有様だった。

「……絶対許さない」

あれほど苦労して片づけたものを一瞬で元の木阿弥にされたのだから、ヒカルとて怒り心頭に発する。

「はー……トラブルはこんなところに待ち受けていたか……いや、これだけだよね!?　もっとトラブルなんてないよね!?　ポーラ！　ポーラ！　ポーラ～！」

ヒカルがいくら呼んでもポーラは現れなかった。逸る気持ちを抑えて長旅の汚れを落とし、荷物を部屋に片づけて身軽になったヒカルは——冒険者ヒカルは、ギルドへ顔を出してみることにした。

（あ、そう言えばランクアップの手続き、まだだったな）

ヒカルの冒険者ランクは最低のGのままだった。衛星都市ポーンドのギルド受付嬢のフレアを護衛する依頼を受けるために、難度の高い依頼をこなしたのだが、その後の手続きもせずに来てしまった。フレアは「ランクEに上げる予定」と言っていたが、ギルドマスターのウンケンは「ランクDにしないと釣り合わない」と考えているのだが、それはさておき、まったくなんの手続きもしていないのでGのままである。

（ま、いっか）

それよりポーラの行方である。

留守番を頼まれたのにいなくなってしまうような人間でないことは、ヒカルがよくわかっている。教会あたりに顔を出している可能性も考えたが、

(なんか……ポーラはポーラなりになにかがんばってるんじゃないかなって気がするんだよねえ……)

解体された古びた倉庫。「世界を渡る術」は使えない。ヒカルとラヴィアは日本にいる——そうなるとポーラはただ神に祈っているだけでなく、「なんとかしようと」行動するのではないかとヒカルは思うのだった。

で、なにか情報はないかと冒険者ギルドに来た。

いちばん考えられるのは、一方通行ながら精霊魔法石を使っての「世界を渡る術」の実行だが、ポーラの所持金ではそれができるほどのサイズの精霊魔法石は買えないはずだ。

だがヒカルがこちらの世界を離れている間に相場に動きがあったかもしれない。

「え、ええ？　精霊魔法石の市場ですか？」

王都ギィ＝ポーンソニアにある冒険者ギルドの中央ギルドは、依頼の発注は行っておらず、事務仕事中心の場所だった。情報を手に入れるには都合がいい——のだが、ランクGの冒険者がやってきて情報を欲しがる、しかも小金貨を受付嬢に握らせるなんていうのはさすがの受付嬢も前代未聞だと思っていた。小金貨はありがたくいただいたが。

「……なにを知りたいんです？」

「価格に変化はありませんでしたか」

「…………」

受付嬢がヒカルをいぶかしむように見る。お、これはなにか変化があったか？　とヒカルは喜んだ。あれだけ高くなった市場だ、あとは安くなるだけ——。

「買い占めが起きています」

「……え？」

「市場での精霊魔法石の在庫が払底しており、魔道具ギルドが緊急声明を出していますね。適切なライセンスを持っている商会以外の購入は禁じる、という」

「…………」

頭がくらくらした。長い長い旅で疲れ切ったせいかもしれない。今日は早く寝よう。

受付嬢はヒカルの頭のてっぺんから足先までじろじろ見ると、

「ヒカル様。どうも心底驚いていらっしゃるようなので教えますが、精霊魔法石が必要であれば他の都市に向かったほうがよろしいでしょう。王都長官直属の特別捜査官チームが買い占めについて調べているので、妙な動きをしていると痛くもない腹を探られます」

「なんてこった……」

「裏社会もこれに反応して、つい先日、捜査官チームと血で血を洗う抗争があったという話ですから、かなり物騒ですよ。さらにはウワサレベルですがそれを陰で操っている新興宗教『彷徨える光の会』なる団体がありましてね」

「僕の想像以上に大変なことになっていますね……」

どうしよう、クズ石程度でいいので精霊魔法石が手に入らないと、ヒカルとしては「四元精霊合一理論」を利用しての「世界を渡る術」の実行もできなくなってしまう。

「その教祖『彷徨の聖女』は、稀代（きたい）の悪女であるという話ですよ」

「………今なんて？」

なんか今、聞き慣れたワードが耳朶（じだ）をかすめた気がした

幻聴であってほしいと切に願った。

マジで。でなければこの疲れた脳みそが処理しきれない。

「『彷徨の聖女』ですよ。『黒腐病（こくふびょう）』災禍のときに突如として現れた都市伝説のアレです。花模様の銀の仮面をつけた修道女」

ポーラだぁぁぁあああ！　ポーラがいたぁぁぁああああああ！

「ヒ、ヒカル様？　どうなさいました？」

その場で頭を抱えてうずくまったヒカルにギルド受付嬢は心配そうな声を掛けてきたが、ヒカルは聞いちゃいなかった。

寂れたスラム――だったはずだ、つい先月までは。王都の目抜き通りから離れた場所にあって、地価も安く、人の往来も少なく、いたとしても陰気で不健康そうな顔をした者か、一癖も二癖もありそうなその筋の者という場所だった。

だというのに今では、

「――はい、そこ押さないでね。聖女様はいなくなったりしないから焦らないで」

「――すみません、ウチの子が高熱でっ。どうにかして聖女様に……！」

「――急患だ！　通すぞ！」

「――だぁっ、運び方が乱暴なんですよあなた方は！」

「――お役所仕事じゃいつまで経っても埒が明かねえからこうしてんだろが！」

……その場所を中心に、多くの人々がやってきては押し合いへし合いする始末だった。こうなるのは必ず日がとっぷりと暮れた後のことで、魔導ランプを手に手に集まってくるのでその場所一帯は夜更けまで明るかった。

中心には教会があった。つい先日までぼろぼろだったが、今や清潔になっただけでなく日に日にもたらされる調度品のせいでどんどん豪奢になる――それこそ王都中央教会の司祭室よりも――一方だった。

人々の群れを仕切っているのはどう見ても柄の悪い男女と、制服をきっちりと着込んだ男女という、対照的な組み合わせだった。衛星都市ポーンドから王都へやってきて一旗揚げようという裏組織バラスト一家がいるため他の裏組織も注目しているのだが、制服を着た男女、つまり王都長官直属の特別捜査官チームがいるのだから、なかなか近づくことができない。

「次の者！」

相変わらず下町の老人がしきり役となって呼びかけると、担架に乗せられて苦しそうに顔をゆがめている若い男が運ばれてきた。なんらかの中毒だったが、ポーラの解毒の魔法ですぐに回復してしまう。男はキョトンとして起き上がり、家族たちは泣いて喜ぶ。

「次の者！」

ポーラは次々に運ばれてくる重傷者、難病患者を魔法で回復させていく。

彼女には考える余裕もなかった。

サーマル＝バラストと特別捜査官チームの司令官の命を救ったあの日、改めて「聖女様はなにをしたいので？」とたずねられ、テンパった結果、「人の命を救うだけです」とか言っちゃったものだからみんなまたひれ伏した。

いや、ついこないだ「精霊魔法石が欲しい」とか言ったの忘れたの？　とポーラ自身がツッコミたくなるほどみんな簡単に信じてしまった。

その結果、今の有様である。王都は広く、命の危険にある者の在庫には困らないといった様子でどんどん運ばれてくる。おかげでポーラは精霊魔法石を持ち出して「世界を渡る術」を実行するような暇もない。治療が終われば明け方になり、魔力が尽きてこんこんと眠ってしまう。目が覚めたら夕方で、治療を受けるための行列ができ始めるのだから。

「おうおう！　ここになんでも治す魔法使いがいるって話じゃねえか！　ちっと顔貸してもらおうじゃねえか！」

教会の入口から、威勢のいい声とともに巨漢が現れた。

「……ここは俺の仕事だな」

ポーラの背後に控えていたサーマルが、指をぽきぽき鳴らしながら立ち上がった。

こういう手合いは毎日来る。やれ顔を貸せだのやれ魔法を使えだのと言ってくるのである。荒事(あらごと)対応はサーマルの担当だった。

「困りますねえ。こういった無許可での治療は。いったい誰に許可を取っているのですか？　それにここは教会ではありませんか――これらは我らが接収しましょう」

サーマルと巨漢が離れたところで殴り合いをしていると、丁寧ながらゲスな声が聞こえてきた。司祭の正装をしているが、まるまる太っており、配下の助祭を何人も引き連れてやってきた。

「……ここは私の仕事であるな」

ポーラの背後に控えていた司令官が、首をぽきぽき鳴らしながら立ち上がった。

治療行為は教会や治療院、薬師ギルドがほしいままにしているところがあり、無償で

——寄付を申し出られれば拒まないが——治療をする「彷徨える光の会」は彼らにとって目の上のたんこぶどころか、ビジネスの破壊者だった。

とはいえ「彷徨える光の会」だって、教会や治療院で診るべき病人かどうかを確認しており、ここに来る半分以上が帰されているのだが、問題は、周りからはそうは見えないということだろう。

特別捜査官たちが集まって司祭を取り囲むと、サーマルの殴り合いも、教会への人の流れも、いっとき止まった。

「ささ、聖女様。今のうちに休憩といたしましょう。奥の部屋にお茶と、『ヤマユリのくつろぎ亭』謹製のパウンドケーキを用意してあります。ハチミツもありますぞ」

下町の老人に促され、ポーラはしずしずと歩んで奥の小部屋に移る。その姿を見て信徒たちがまたも平伏するのだが——しずしず歩いているのはもはやなにを考えることもできないほどに疲れ切っているだけだった。

部屋に入ると、気を利かしてくれたのかひとりになった。

そこには確かに高そうなティーポットとパウンドケーキが用意されていたが、

「う……」

ポーラは、

「うわぁぁぁぁん！」

泣きだした。

「なんでなんですかぁ！　私は回復の魔道具じゃないんですよぉ！」

治らないと思っていた人が治り、本人はもちろん家族も喜んでくれる。それはすばらしいことだとわかっているのだが、毎日くたくたになるまで働いて、やらなければいけないこともおぼろげになるほど疲れて、周りは自分のことを神聖視するばかりでひとりの人として向き合ってくれない。ブラック企業か、というべき労働状況であった。

「どうせ同情したかなにかで『回復魔法』を使ったら、あれよあれよという間に祭り上げられたとかそんなところでしょ？」

「それはそうですけどぉ！」

がばりと顔を上げて、ポーラは、

「へっ？」

「——なかなか美味しいね、このパウンドケーキ」

そこにいるはずのない、仮面の少年が——ヒカルがいるのを見た。

「ヒ、ヒカル様……？」

「はい」

「……ついに疲労のあまり幻覚まで見るようになってしまいました」

「いやほんと疲れてるんだね!?　本物だよ、本物」

「ほん、もの……」

今し方まで泣いていたポーラの目に、もう一度大粒の涙が浮かんだ。

「ビガルざまぁあぁぁぁぁあああああああ！」

「うわっ、ちょっ、さすがに声が大きいっ」

瞬時にポーラの横に立って彼女に触れ、「集団遮断」を機能させる。

「寂しがっだんですよぉぉぉぉ！　不安でしたああああ！」

「…………」

ポーラに会ったら、「なんでこんなことになった？　ん？」とアイアンクローをしなきゃな、とか、「魔法は自分の判断で使っていいって言ったけど、面倒ごとになったら逃げるのが当然だよね？」と説教3時間コースだよな、とか、ヒカルは考えていた。

だけれどヒカルにしがみついてわんわん泣いている彼女を見て——そりゃそうか、と思い直した。

3人だけのパーティーで、ヒカルとラヴィアのふたりが日本に行ってしまった。

ふたりをこちらに呼び戻すはずがその手段がなくなってしまい、かつ頼りにしていた「東方四星」も王都を離れた。

ポーラがどれほど不安だったか——無理をさせてしまったか。

「……ごめんなさい。だけど、僕は戻ってきたから」

「はぃ、はいぃ……」

ポーラのぐしゃぐしゃの顔を、ヒカルはハンカチで拭いてやった。

「さ、もう行こう。ほんとうの重病人はもういないようだし、ポーラがいなくなっても大丈夫だよ」

「あ、あのぅ、精霊魔法石が……」

「ああ、クズ石をいくつか拝借しておいたから、何回かぶんの『世界を渡る術』は実行できるはず」

そのときコンコンと部屋がノックされた。

「——聖女様、乱暴なお客様方がお帰りになったので、信徒への施しを再開したいのですが……」

という声が聞こえる。ポーラはわずかに気遣わしげに振り返る。

「もし……心残りがあるなら、またここに来ればいいよ。でもここにポーラが居続けたら、きっと彼らにとっても良くない。ほんとうは自分たちの手でなんとかしなくちゃいけないのを、ポーラが治しちゃうんだから」

「……はい、そのとおりだと思います」

ポーラはうなずいた。

「——聖女様？　聖女様、入りますよ」

がちゃり、と扉が開いた――が、下町の老人が見たのは無人の部屋だった。

食事の途中で煙になって消えてしまったかのように、食べ残したパウンドケーキだけがあるのだった。

それから――大騒ぎになった。

だが不思議なことに、教会を十重二十重(とえはたえ)に囲んでいる信徒の誰も、教会から出てきた不審な者の姿や、そもそも「彷徨の聖女」も見た者はいないということだったのである。

それからというもの、この教会に大勢の信徒が押し寄せることはなくなった。

だが、それでも、もはやなににも頼ることができず――ほんとうに苦しんでいる者の前には「彷徨の聖女」が現れ、癒やしを授けるのだ――。

そんなウワサだけが残ったのだった。

聖都アギアポールはさまざまな混乱があったものの、今ようやく平静を取り戻しつつあった。遠目に見えていた邪悪な山の邪悪なモンスターもめっきり数を減らしており、人々に安心をもたらした。
「東方四星」に用意されたホテルは聖都屈指の高級ホテルであり、各国要人が宿泊するよ

うな場所だった――もちろん、中央連合アインビストとの戦闘、それに続く「呪蝕ノ秘毒」によるトラブルがあった今、宿泊している要人などいなかったのだが。

「く～～～～……さすがに3日も閉じ込められていると身体がなまってしまうな」

ソリューズがベッドで伸びをすると、

「はぁ!?　あんなケガしたんだから1か月は寝てなさいよ！　身体がなまるとかいう次元じゃないわよ!?」

近くで本を読んでいたセリカが驚きに目を剥いた。

「いやぁ、日本ではケガの治療は自然治癒力しかないけれども、私にはシュフィの『回復魔法』があるからねえ」

「だからって、身体に無理がきてるはずよ！　おとなしく寝てなさい！」

「やれやれ……セリカは乳母みたいだね」

「乳母!?　それを言うなら『お母さん』とかじゃないの!?　ていうか育ちが良さそうとは思ってたけど、ソリューズの実家ってやっぱりお金持ちなのね！」

「あぁ、言われてみるとセリカはお母様にそっくりだね」

「ちょっとそれどういうことよ！　年寄りって言いたいわけ!?」

「うちの実家は――もうないんだよ」

「――え？」

ぽつりと言われた言葉に、セリカは「どういう意味なの？」と思ったのだが、すぐにソリューズはいつもの笑みを浮かべた。

「家出をしたんだ。これでもおてんばだったんだよ？」

「へぇ……想像もつかないわね！」

「どう見えていたんだい？」

「そりゃあ、蝶よ花よと育てられたお嬢様で、貴族とか大商家の出身でしょ！」

「ははは」

それはほとんど当たりだったが、ソリューズは笑うだけだった。

「ソリューズ、なにがあったの!?」

「ん？　なにが、とは？」

「アンタは雰囲気が変わったわ！　第7層から生きて戻ってきてからよ！」

今まで一度も、自分の過去なんて話さなかったのに——とまではセリカも言わなかった。

話さなかったということはそれだけ、ソリューズにとって重い過去であるか、なにか複雑な事情があるのだろうということくらいセリカにもわかる。

ほんの少し話してくれただけでもソリューズにとっては大きな変化だと感じていた。

「なにがあったの……か」

瀕死で生還した後にも、こうして健康体に戻ってベッドにいる身であっても、思うのはただひとり――シルバーフェイスのことだ。

彼を思うと心がバラバラになってしまうほど混乱してしまう。

あの「強さ」の秘密はなんだ？　どうして第7層にいた？

会いたい。会って聞きたい。セリカと同じ日本人の彼が、どうやってこの世界を生き延びてきたのかを。

その並々ならぬ好奇心を満たせばきっと――彼のことを考えると狂おしいまでに乱れる自分の心の整理がつくかもしれない。

考えると心が苦しい。苦しいのに考えてしまう。さらに苦しいのは、シルバーフェイスの隣にいるのはスターフェイス、ラヴィアであるという事実だ。そんな感情にどんな意味があるのか、今は考えないようにしていた。

「――秘密さ」

「んもう！　やっぱりいつもと変わらないわ！　あたしたちにも秘密主義なんだもの！」

「あははは。別に秘密主義というわけじゃないし、セリカをからかっているわけでもないよ。ただ、自分でもなかなか説明しがたい――」

「ソリューズさん！」

部屋へと飛び込んで来たのはシュフィとサーラだった。

聖都に戻ってからというもの、教会関係者であるシュフィは忙しくあちこちに顔を出さなければならず、サーラは護衛代わりに付き添っていた。

「起きていましたか？　具合はいかがですか？」

「ああ、もう至極健康だけど――どうしたんだい。ふつうじゃないね」

「それが、先ほどまで『塔』に行っていたのですが……」

シュフィは言った。召喚命令が出ました、と。


同日の午後、届けられた正装を身に着けた「東方四星」は「塔」――聖都アギアポールの中心地であり教会が「城」を持つというのは外聞が悪いので「塔」と呼んでいる場所へ、馬車で向かっていた。

ソリューズとサーラはパンツスタイルで、セリカは高価な布地をふんだんに使ったドレス。3人はどこぞの貴族かとも見える出で立ちではあったが、当然、と言うべきかシュフィは修道服のままである。

「――まさか、教皇聖下からの召喚を受けるとはね。でもなぜ私たちだけなのかな？」

「キマイラ討伐の褒賞が出るみたいなんです」

「褒賞？　どうして私たちだけに？」

彼女たちが宿泊しているホテルには「蒼剣星雲」や「キンガウルフ」もいるのだが、今日呼び出されているのはソリューズたちだけらしい。

「ええと、聞いた範囲では『蒼剣星雲』は教会から派遣された修道女をひとり失い、『キンガウルフ』は素行不良が目立つので……」

「なるほど。御しやすい私たちだけ呼んだというわけか」

「キマイラにトドメを刺したのはソリューズさんだから、とも言われましたわ」

「武器はマリウスさんのもので、弱らせたのは全員で、だけどね」

「――教会の懐もお寒いから、ウチらだけに派手に褒賞を渡しとこうかってことかもしれないにゃ～」

「サ、サーラさん、そうはっきりおっしゃらないでください。教皇聖下に謁見できるだけでもすばらしいことなのですから」

シュフィはそわそわしている。以前、祝福をしてもらったはずだが、彼女にとって教皇という存在は永遠の大スターみたいなものなのだろう。その崇拝する人が代替わりしたのだとしても。

「なるほど、そういうことか……」

揺れる馬車で腕組みしてソリューズは考える。そういう駆け引きについて思いを巡らせるのは彼女の得意分野でもあった。

聖ビオス教導国は、アインビストとの戦いや先代皇帝の「呪蝕ノ秘毒」による暴走で、国力が衰退している。

極めつきは大迷宮の出現だ。早期に解決はできたもののアインビスト軍への借りは大きくなってしまった――。

（そんなところに聞こえて来た、私たちの活躍、か）

ソリューズが敵の親玉であるキマイラを討伐したことが事実なら、過程はどうあれ、「獣人もがんばったけどヒト種族もすごかったよな。おあいこだ」という形に持っていくことができる。

いや、そんな「形式」で、死んでしまった獣人兵のことをチャラにできるわけがないのだが、政治というのは「形式」が大事なのだ。それをソリューズはよく知っている。

「東方四星」が「塔」に到着して謁見の間へとやってくると、広々としたそこには聖職者がちらほらといるだけだった。ルヴァインの行った粛正で多くの大司祭や司祭が失脚し、生き残った者は仕事に追われ、教会にとって重要なイベントがある今日のような日であっても、なかなか集まることができない。

「――冒険者パーティー『東方四星』と、我らが神のしもべにして求道者たるシュフィ＝ブルームフィールド。ただいまより教皇聖下がいらっしゃる。その場に跪くように」

ひょろりとした聖職者が言うので、言われるがままにソリューズ、セリカ、サーラは片膝をつき、シュフィは両膝をついた。こういう場での振る舞いも慣れている4人である。

「教皇聖下、ご入来」

ルヴァインは厳かにゆったり歩く、なんてことを絶対にしない。一分一秒が惜しいというようにさっさと歩く。もったいぶった言い回しや自分をいかに尊く見せるかだけに心を砕く貴族や王族が多い中で、ルヴァインの振る舞いはソリューズにはありがたかった。

（ま、私たちを英雄に仕立て上げるならそうしてくれて構わないさ。シュフィは教皇聖下に直接お声がけしてもらえるだけでうれしそうだし……報奨金をもらったらマリウスさんやキンガさんにも分けないとな。冒険者は持ちつ持たれつだから）

冒険者同士のバランス感覚についてもソリューズは優れていた。そういった流儀や考え方は、サンドラに教わったことではあったけれど。

「『東方四星』よ、このたびの働きがすばらしかったことを聞いています。あなた方のような冒険者がいてくれたことに、聖都アギアポールに住まう敬虔なる神の信徒を代表して感謝を伝えましょう」

すらすらとルヴァインは話す。感情がこもっているわけではないが、優しい声で、不思議と心に染みこんでくるような響きがあった。現にソリューズの隣で両膝をついているシュフィは頭を垂れて涙ぐんでいる。

「強大な敵を討った報奨金は冒険者ギルドを通じて受け取ってほしい」

よしよし、これで後は「皆の者、この者たちをねぎらい、拍手を」とかなんとかやって

終わりだろう――とソリューズが思っていると、

「また、このたびの働きが類を見ないほど大きかったものであると判断し、追加で褒賞を与えたいと思う」

追加？　もしかして、「太陽剣白羽（ホワイトレイブレード）」のような武器をくれるのか――。

「『聖白銀大勲章』を授与したい」

え？　とソリューズは思った。

思ったのは彼女だけではない、勲章を授与するなど聞いていなかったのだろう、謁見（えっけん）の間（ま）にいる司祭たちがざわついた。

「――なんと」

「――それほどの難敵であったということか」

「――司祭位階に匹敵する勲章ですぞ……」

ソリューズも知っている。「聖白銀大勲章」は教会組織外の者に授与できる最高位の勲章であり、その勲章は司祭位階に匹敵する――つまり望めばすぐに「司祭」になることができる特急チケットにもなるのだ。

そう、それはまるで――。

自分の考えを押しのけて、ソリューズは顔を上げた。

「申し訳ありません、聖下」

ソリューズは教皇ルヴァインを見据えており、そのルヴァインは、側近が持って来た勲章を受け取るところだった。

「勲章をいただくことはできません」

ソリューズの拒絶に司祭たちのざわつきはさらに大きくなる。

「――なんと無礼な」

「――聖下が手ずからお与えくださる勲章を断るなど、あってはならぬ」

「――いったいなにが気に入らぬというのか」

すっ、とルヴァインが片手を持ち上げるとざわつきは収まり、痛いほどの沈黙が訪れた。ソリューズの仲間であるセリカとサーラは「断るの？　なんで？　まあいいけど」みたいな微妙な顔だが、シュフィだけは「え、え、どうしたんですか、聖下に失礼なことをしてはいけませんよ……」と脂汗をかいている。

「理由を聞きましょうか、ソリューズ＝ランデ」

ルヴァインは相変わらずにこやかだったが、納得できる答えを出せという圧が確かにあった。

「値（あたい）しないからです」

「…………」

続きを、とルヴァインが無言で促す。

「キマイラは確かにすさまじく強い敵であり、トドメを刺したのは他ならぬ私です。ですが使用した武器はランクA冒険者パーティー『蒼剣星雲』のリーダー、マリウスが所有していた『蒼の閃光（ブルーフラッシュ）』であり、キマイラを追い詰めるのはランクBパーティー『キンガウルフ』も協力してくれました。私たちの独力ではないために、勲章の重さには値しないと判断しました」

「……なるほど。わかりました」

ルヴァインは勲章を持って来た側近に、下がれと命じる。側近は複雑そうな顔をしていたが、きらびやかな白銀色の勲章を持って去っていく。

「では報奨金を3倍にして、ほかの2パーティーにも報いるようにしましょう。これがあなたの望むことですか？」

「はい、聖下。ありがたき幸せでございます」

「ではそのように。――皆の者、『東方四星』の功績を称（たた）えて拍手を」

司祭たちは驚きながらも、拍手を始めた。彼らはこう思っているのだろう――「勲章なんて腹の足しにもならないと考え、卑（いや）しいことに金銭を要求したのか」と。侮蔑の感情とともに。

ルヴァインが退場すると拍手もやみ、ソリューズたちは謁見（えっけん）の間（ま）から退出することになる。どうしてこんなことをしたのかと聞きたくてうずうずしている顔のシュフィだったが、馬車に乗るまでは自重してくれた。

「なっ、な、な、なんでっ、ソリューズさん……！」

「わあ、待って待って。説明するから」

馬車に乗りこんだ瞬間、鼻先1センチのところまで近づいてシュフィが言ってきたのをなだめつつ、ソリューズは続けた。

「……そのままの意味さ。少なくとも何人も犠牲になっているのに勲章をもらって浮かれるわけにはいかないと思った」

「でも……ソリューズさんがすばらしい働きをしたことは確かですし。あ、もちろんその前のセリカさんの魔法もすごかったのですが」

「シュフィは司祭になりたいのかい？」

「え⁉　いえいえいえ、私は一介の修道女で十分です。それに司祭になってしまえばどこかの教会に居続けることになり、『東方四星』としての活動はできなくなりますし——ってまさか」

ソリューズはにこりと微笑(ほほえ)んだ。

「そういうことだよ。勲章を授与されたシュフィは教会が放っておかないだろう？　今、シュフィに抜けられたら困る」

「ソ、ソリューズさん……それほどまでにわたくしのことを……⁉」

感激し、潤んだ目でシュフィが見てくる——のだが。

（……あんな勲章は要らない）

受勲を切り出されたソリューズは、「司祭位階と同じ意味合いを持つ」という「聖白銀大勲章」が同じだと思ったのだ。

かつて貴族になろうとしていたソリューズの父が欲していた「秀華大勲章」のそれと。

そう、それは・・・・・・まるで同じだと。

その瞬間ソリューズは「要らない」と思ったのだった。

「それよりさっ、早くポーンソニアに帰ろうよ～。ポーラちゃんもいるし、また日本に行きたいし～！」

「サーラ……今回の報酬くらいじゃあまり大きな精霊魔法石は手に入らないよ。いずれにせよ一度日本とつないで向こうに連絡をしないとだけれどね」

「ん、精霊魔法石？　どうやってかわからないけど、大迷宮にシルバーフェイスがいたみたいだしそこは大丈夫じゃ……」

サーラが思わず口を滑らせた——サーラとしてはどうやってヒカルがこちらの世界に戻ってきたのかはわからないが、ヒカルさえいれば「四元精霊合一理論」で「世界を渡る術」を使い放題だということは間違いない。

だがそれはシルバーフェイスとヒカルが同一人物であることを知っている者にしかわか

らない言葉だった。セリカにはまだ秘密にしているはず。

ぎょっと目を見開いたシュフィを見て、

「あ」

サーラは自分の失言を察したが、

「シルバーフェイスと精霊魔法石がどうつながるっていうのよ！」

セリカに問われ、

「え、ええと、ほら、それはさあ～」

「サーラ」

しどろもどろになったところへ、ソリューズの刺すような声が聞こえた。

「シ、シルバーフェイスはポーンソニアに行くと言っていたの……？」

ソリューズはもじもじとしながら聞いてきた。

「え!? あ、そ、そうなんだよぉ！　精霊魔法石をいくつか手に入れたからさ、売るとかなんとかって！」

「ふ、ふーん。私たちもここでの用事が終わったから早く王都に戻らなきゃね」

なぜかソリューズは納得し、セリカもまた「いつの間にシルバーフェイスと話してたのよ！」と言ったがそれ以上は追及してこなかった。

（ちょっと、サーラさん！　発言には気をつけてくださいませ！）

（ご、ごめんにゃ～～。いい加減、秘密にし続けるのは疲れたよぉ！）

こそこそ話していたシュフィとサーラは、

「……王都にいるんだ。そっか」

馬車の窓から外を眺めるソリューズの――彼女の微笑（ほほえ）みには気づかなかった。

「まったく、あの者たちは無礼ではありませんか!?」

謁見（えっけん）と褒賞授与が終わったルヴァインの近くで、側近がぷんぷんしている。

「無礼と、そう見えましたか」

「当然です！　聖下に直々に勲章を授けられるなど、この上ない栄光ではございませんか!?　もちろん我々聖職者には勲章というものはございませんので、想像するだけではございますが……」

「あの者は、ちゃんとこちらの顔も立ててくれました」

「それは……どういうことでございますか？」

ルヴァインはソリューズの言葉を思い返す。

――キマイラは確かにすさまじく強い敵であり、トドメを刺したのは他ならぬ私です。ですが使用した武器はランクA冒険者パーティー『蒼剣星雲』のリーダー、マリウスが所有していた『蒼の閃光（ブルーフラッシュ）』であり、キマイラを追い詰めるのはランクBパーティー『キンガウルフ』も協力してくれました。私たちの独力ではないために、勲章の重さには値しないと判断しました。

その言葉の中で、一言もアインビスト獣人軍については触れなかったのだ。

つまり「冒険者の働きは勲章に値する」と明言し、そこにアインビストを含めないことで、ルヴァインの目的──「アインビストもがんばったが、冒険者ギルドもそれに負けないよね」というアピールは十分果たせることになる。

まるで老獪な貴族の言葉遊びのようにも見えるが、公式の記録にも残る彼女の言葉は今後のアインビストとのやりとりでも効いてくるはずだ。

当然そうとは言わなかったが、ソリューズはそこまで考えて発言したのだとルヴァインは判断した。果たして、あの場にいる何人がソリューズの意図に気づいたことか。

「……面白い人材ですね。冒険者にしておくには惜しい」

見た目も麗しく、しかも女性。教会組織内でも評価の高いシュフィ＝ブルームフィールドが信頼しているパーティーリーダーでもある。

「いずれ交わる縁もあるでしょう」

ルヴァインはソリューズ＝ランデという名前を頭の片隅に置くことにしたのだった。

◇

藤野多町は山裾にあり、12月ともなると雪も降ってどこかキンと刺すような寒さがあったのだが、

「……ちょっと暖かい？」

東京に戻ってきたラヴィアはそんなことを感じた。

「そう？　私は寒いと思うけれど」

葉月はマフラーに口元を埋めるようにして言う。そこから漏れる息が白い。

もちろん寒いは寒いのだけれど、ラヴィアからすると東京の寒さは藤野多町よりもずっと丸くて、そして曇っている。そんなふうに感じた。

東京駅の人混みに軽いめまいを覚えながらも電車を乗り継いで葉月の地元へとやってくる。ここはセリカの地元でもあり、ヒカルの実家からは隣町にあたる。

着くころには夕暮れ時で、年の瀬が迫る今、あっという間に日は落ちるだろう。

「とりあえず、セリカの家に行こうか」

「ん」

ラヴィアひとりでもセリカたち「東方四星」が暮らしていたマンションへ行くことはできると思うが、地元民の葉月がいてくれるのはやはり頼もしい。

マンションに戻ると、テーブルに置かれた日都新聞もあの日のままで、室内はヒカルと

ラヴィアが藤野多町に出かけた日となにひとつ変わらなかった。

ヒカルはもういないのだ——改めて思い知る。

「？　どうしたの、ラヴィアちゃん」

「ううん、なんでも」

「……荷物を置いたら外でご飯にしようか」

ラヴィアを気遣うように葉月は提案した。

この人はどうしてこんなに他人の心の機微に敏感なんだろう——ラヴィアは思った。その繊細さがあったからこそヒカルといっしょにいられたのだろうが、一方でこれほど繊細な人は生きにくいんじゃないかとラヴィアは思った。

奇しくも、かつて葉月はヒカルに同じことを言ったのだが。

——生きにくいよ、それじゃ。あなたは賢いかもしれないけれど、危なっかしい。どこかで、いつか、ひょんなことで……ふっ、と死んでしまいそう。

ヒカルが実際に死んでしまった点は葉月とは全然違うのだが。

「それで……これからの方針だけれど。まず、私とラヴィアちゃんは行動を共にしたほうがいいということね？　もちろん、別々にいたとしてもどちらかの前に『世界を渡る術』の亀裂が現れるでしょうけど」

「はい、そうだと思います。気になるのは予定の日付を過ぎているのにポーラが『世界を渡る術』を使ってくれないところですが……それでもヒカルなら、必ず『世界を渡る術』を使ってくれるはずです」

「今は冬休みで私は時間があるからいいけれど、3学期が始まらないことを祈ろっか」

マンションから出て駅のほうへと向かうと、寒々とした景色の中に繁華街の明かりが見え始めた。

「――これは、クリスマスは女子ふたりで過ごすことになりそうだねぇ」

「クリスマス……宗教的な意味合いの強い祭日でしたっけ」

「そうだね。情緒的な意味合いも強いよ」

葉月が微笑(ほほえ)んだ。その横顔は可愛らしいなとラヴィアは思った。

それからというもの。

ラヴィアと葉月のふたりは、日々をともに過ごした。来年大学受験だという葉月は日中は勉強し、その隣でラヴィアも日本の書籍を読む。食事は外に出かけたりふたりで作ったりする。ふたりの暮らしぶりはどこか姉妹のようでもあった。

（なんだか不思議。会ったばかりなのにいっしょにいても不満や苦痛を感じない）

ラヴィアはそう思う。葉月が我慢してくれているのかと思ったこともあったが、葉月には無理をしている様子もなかった。

クリスマスのイルミネーションをふたりで見に行って、買い物をしたり、美術館やギャラリーを回ったりもした。中でもラヴィアが喜んだのは都心の巨大書店だった。

「ふふふ」

「？　どうしたんです、葉月さん」

その書店を出たラヴィアはバックパックに多くの本やマンガを詰めているのだが、それを軽々と背負っていた。冒険者として旅をするときにはこれ以上の重量を背負うこともよくあったのでたいしたことはない。

「きっと、ヒカルくんもあなたをこの本屋さんに連れてきたかったんだろうなって思って」

「ヒカルが……ですか？」

「その役割を奪っちゃった」

イタズラっぽく葉月が微笑んだ――ときだった。

「――あれ、葉月さん？　マジ？　なんでここにいんの？」

そこにいたのは3人の男子高校生――葉月のクラスメイトだった。

ラヴィアはその瞬間、「隠密」を使って離れようとしたが、葉月を連れていくための「集団遮断」スキルを持っていない。葉月を置いて自分だけ逃げるという選択はあり得なかった――なぜなら葉月の表情に、初めて「苦手」そうなものが見えたからだった。

「えっ!?　そっちの子誰!?　めっちゃ可愛くない!?」

「あのっ、俺、葉月さんのクラスメイトの――」

「待て待て。ここは俺が先に自己紹介する流れだから～」

ますます葉月の眉間にシワが寄る。

「ごめんなさい、私たち急いでいるから――」

と言いかけたときだった。

（ああ……なんてタイミングなの）

ラヴィアは思わず天を仰ぎそうになった。

寒空の下、乾いた空気がぴしりと割れるような音がした。

その次の瞬間にはバリバリバリと実際にその空間が割れ始めたのだった。

そう――「世界を渡る術」が実行されたのである。

「は？」

「なにこれ」

「いやちょっ、これってまさか異世界のヤツ⁉」

都心の巨大書店は繁華街のすぐ近くに位置している。行き交う人も多く、人々はその場に足を止めた。ハッとしてスマートフォンのカメラをこちらに向ける人も多かった。

亀裂はどんどん大きくなる。

混乱は、水面に小石を落とした波紋のように広がっていくのだが――ラヴィアはどこか安心していた。よかった。「世界を渡る術」はちゃんと機能しているのだ。そしてこれはヒカルがやってくれているに違いないという妙な確信もあった。

『ヒカル、遅かったじゃない』

開かれた亀裂の向こうに声を掛けた——向こうの言葉で——ラヴィアは、凍りついた。

『え……？』

ヒカルが、いるはずだった。おそらくポーラも。

だけれど亀裂の向こうには漆黒の闇が広がっていたのだ。あらゆるものを吸い込んで虚無に変えてしまいそうな一面の闇が。

『ど、どういうこと……？』

ワケがわからないままに亀裂は閉じていく。

閉じきってしまうと、最初から何事もなかったかのようになってしまった。

「うおおお、すげえ！　今のが異世界行けるトンネル⁉」

「初めて見たぜ！」

「撮った⁉　お前撮った⁉」

男子高校生が大騒ぎし、多くの人々が集まってくる。

「ラヴィアちゃん、離れよう。ラヴィアちゃん、ラヴィアちゃん！」

人々の混乱よりもずっとずっと、ラヴィアの頭のほうが混乱してしまったのだった。

「世界を渡る術」が、失敗した――。

殺風景な部屋だった――それもそのはずで、そこは「東方四星」のアパートメントの一室であり、ずっと使われていなかったシュフィの部屋だった。

ヒカルとポーラは、今目の前で起きたことが信じられず呆然としていた。「世界を渡る術」を実行するための魔術式は焼き切れており、「四元精霊合一理論」を元に、クズ石とも呼べる精霊魔法石から莫大な魔力を生み出すための魔術台もそこにある。

「な、な、なにかが間違っていたのでしょうか……？」

「……それは、ないと思う」

すべては問題なかったはずだ。

膨大な魔力が魔術式に流れ込んで空間に亀裂が走る――ここまではいつも通りだった。

問題があったのはその後のことだ。

「失敗した……!?」

漆黒の闇。

亀裂の向こうには日本が現れるはずだったが、ただの闇が広がっていたのだ。

（なぜこんなことが……「世界を渡る術」でラヴィアは対象外になってしまうのか？）

今までも、セリカや葉月といった、もともと日本にいた人間にしか「世界を渡る術」は反応していない。

（いや、それなら葉月先輩のところに亀裂が現れるはずだ）

なにもない闇が出現するというのは、明らかにおかしい。

「……もう一度やってみよう。まだ魔術式はあるんだよね？」

「は、はい。あと3つあります」

「十分だ」

改めてヒカルは「世界を渡る術」をセットする。「四元精霊合一理論」が発揮できるように完璧なバランスが取れる量の精霊魔法石を置く。

この手順で合っているはずだ。

「……行くよ」

ヒカルが魔術式を実行する——と、精霊魔法石の置かれた魔術台から4色の光が立ち上り、それらが合わさってひとつの光となる。魔術式に魔力が流れ込み、空間に亀裂が生じる——そう、ここまでは同じなのだ。

亀裂が開いていく——ヒカルは「魔力探知」を全開にした。

黄金色の美しい魔力が集まり、時空間に干渉していくのがはっきりと見える。魔力の一粒一粒までも。ここまで見ようとするとあまりの情報量の多さに、頭に針で刺したような鋭い痛みが走る。

「これは……！」

見た目はただの闇だった。だけれどヒカルはそこに——網の目のように張り巡らされた魔力があるのを見て取った。

魔力というものはこの世界に自然発生的に存在するものだ。それらに法則性はなく、勝手気ままに飛び回る。

だから、こんなふうに網の目に魔力が整列するなんてことはあり得ない。

これを可能にするのは、

「……魔術」

亀裂が収まると、室内にはまた静寂が訪れた。

「ヒ、ヒカル様⁉　大丈夫ですか⁉」

スキル使用による消耗でヒカルがその場に膝をつき、荒い息を吐いた。

「だ、大丈夫……ただ、わかったよ」

「なにがですか⁉」

「『世界を渡る術』は失敗したんじゃない。妨害されたんだ」

そうとしか考えられない。あのような意図的な魔術が発生しているのは、人為的なものを感じるのだ。

「妨害!? 誰がそんなことを!?」

「………………」

今まで使えていた魔術が使えなくなる。そんなことは起こりえない。この世界の法則を書き換えない限りは――神にしかできない所業だ。

では、なにが起きたのか？

「そうか……」

ヒカルが思い出したのは、ある会話だった。

――御土璃山で魔力を得られたのは、おれが堂山老人のために動いたからだ。そうだろ？ であれば礼をしてくれてもいいじゃないか。

――……できない・・・・わ。

大迷宮の第37層に置いていかれたときのソアールネイとの会話だ。

ヒカルはそのときこう考えた。

――ソアールネイがこちらの世界に戻るための魔力は御土璃山で見つけたわけだが、その発見は僕のおかげであることは間違いない。だけど返礼として「世界を渡る術」を求めたら、それは「できない」と言った。できない、とはどういう意味だ？ 魔力が足りないからか？ ……わからない。情報が足りなすぎる。

と。


今なら――「世界を渡る術」が不発に終わった今ならば、違う解釈ができる。

あの魔術はヒカルの身体の前の持ち主であるローランド＝ヌィ＝ザラシャが考えたものが元になっているのだが――彼の発想にも元ネタがある。

ソアールネイ＝サークの論文だ。

ソアールネイはこの魔術を熟知しており、時空間への干渉と、世界と世界を隔てる壁を越える方法を深く理解しているのは間違いない。

つまるところ、この魔術になにかが起きたことを知っていてもおかしくない。

ヒカルの知らない、魔術式を使わない魔術で「世界を渡る術」を起動したのだ。なにかの副作用が起きた――その結果、ソアールネイは「できない」と言った。

そう考えるとつじつまは合う。


「!!」


だがそのとき、ヒカルはハッとしてその場に凍りついた。

無言で振り向いた先は部屋のドアだった。

「ヒ、ヒカル様……？」

「………………」

ヒカルがポーラに指差したのは、仮面だった。それを身に着けろということなのか、自

分もまた銀の仮面を装着している。あわててポーラが花の紋様がついた仮面を着けると、

「――誰だ？　今この部屋の前に来たのは」

ヒカルは閉じられた部屋のドアへと声を投げかけた。木製のドアはふたりが入ってきてからこれまでずっと沈黙している。

ポーラが戸惑って、ヒカルとドアと、視線を行き来させていると――、

「――ふむ、気づかれていたか」

という言葉とともにドアが開かれた。

だがそこには誰もいない――ように見えたのだが、じっくりと見ていたポーラもようやく気がついた。

いる。

背が低く、フードをかぶった人物が3人も。

「……油断したよ。まさかこんなところに侵入してくるヤツがいるなんてね」

「こちらも驚いた。貴様はシルバーフェイスか？」

まさかこの部屋に誰かが侵入するなんて思わなかったヒカルは、警戒を怠っていた。だが彼らも侵入したばかりのようで、こちらの会話は聞かれていなかったらしい。

とは言え、「隠密（おんみつ）」スキルを使って侵入してきた連中を快く出迎える気にはならない。

「だとしたら？」

ヒカルはすでに腰に差した短剣の柄に手を掛けている。

すると――その3人は一斉にフードを脱いだ。

「！」

くすんだ金髪を後ろになでつけ、襟元で切りそろえられていた。目はしょぼしょぼとしており、鷲鼻(わしばな)は垂れ下がっている。髪の色や目の色はそれぞれ違うが、なんとなく似た印象を受けるのは同じ種族だからか。

年齢で言えば60歳から70歳ぐらいの老人に見える。

「アンタたちはマンノームか？」

「いかにも」

マンノーム種族の寿命はヒト種族の3倍ほどもあるので、この見た目で考えると150歳は優に超えているだろう。先頭のひとりが口を開いた。

「先ほど、世界と世界を隔てる壁に干渉する魔術を使ったな？」

「…………」

「なるほど、沈黙か。その魔術はサーク家の開発したものではないか？」

「…………」

「沈黙していても構わぬが、魔術が失敗した理由を永久に知ることはできぬぞ」

「……なんだって？」

　こいつらはなぜ「世界を渡る術」のこと、魔術の失敗について知っているのか。この場にはいなかったのに。

「ふう……カグライの坊やから話は聞いていたが、マンノームのことはなにも話しておらんようだな」

「坊や？　カグライってまさか、クインブランド皇国の皇帝か？」

　老人たちはうなずいた。

「貴様がクインブランドの危機を救ったという話は我らの里にも伝わっておる。だが貴様のことよりなにより、我らは我らの使命を果たさねばならなかった」

「なんの話だ」

「知れたこと。はるか昔にフナイが作った結界が破壊され、そのせいでこの世界のありように混乱が起きておる。それを収めねばならん」

「フナイが作った結界……それは聖ビオス教導国の、地下にあった……」

「そうだ。ウンケンを通じて情報は我らにも伝わっておる。貴様は我らマンノームのために動いてくれるのだと思っていたが……」

「ちょっと待て。そのことと、『世界を渡る術』が不発に終わったこととなんの関係がある？」

「ほう？　では世界と世界を隔てる壁に干渉したことを認めるのか？」

「そうだ」

「サーク家と関わりがあることもか？」

「関わりというか……一方的に迷惑をかけられてるんだよ、こっちは」

「――なるほど、そういうことか」

なにが「なるほど」なのか、マンノームはうなずいた。

「貴様の持っている情報があまりにいびつであるのは、サーク家からも、マンノームからもちゃんとした説明を受けていないからだな？」

「『ちゃんとした説明』？　なんの説明だ。まだるっこしいのはたくさんだ。こっちは予定が狂いまくって少々イラ立っている」

これほど苦労させられてようやく「世界を渡る術」を使おうと思ったのに、それがうまくいかず、そこへ侵入者が3人もやってきて思わせぶりなことを言うのだ。

「短気は損気というぞ、少年」

「あいにく、こっちは200年も300年も生きないのでね」

「では説明をしてやる。だが――聞いて後悔するなよ」

「今さら『聞かなければ良かった』なんて思うことはないさ。手短に話してくれ」

「違う」

マンノームは首を横に振った。

「聞いた以上はどちらかの陣営についてもらう必要があるということだ。我らマンノーム……ソウルの真理を追究する陣営か、あるいはサーク家のように魔法と魔術により世界を管理しようとする者か」

「……は？」

なんだそれは、と思った。

ふたつの陣営？　この世界にそんなものがあるのか？　聞いたことがない。

だけれどヒカルにはそのふたつの分類に心当たりがあった。「ソウルボード」においては「精霊魔法」は「魔力」のカテゴリーにあり、「回復魔法」は「精神力」のカテゴリーにあるのだ。

同じ魔法でもこの2種は明確に違うと言っているようなものだ。

「……『世界を渡る術』が使えないことも、アンタが話す内容に関わってくるということか？」

ヒカルがたずねると、マンノームは「そうだ」とうなずいた。

「それなら聞かないという選択肢はない。話してもらおうか。陣営がどうあろうとこっちには関係ないが、『世界を渡る術』を使いたい」

ヒカルは言った。

そして、マンノームの口から言葉が発せられる。

それはこの世界の成り立ちに関わることであり、今まで聞いたこともなかった物語――

いや、きっとこれは神話の類だ。

つまるところ、これは幕開けだった。

気が遠くなるような年月の重みに耐え、世界の一翼を担(にな)ってきた勢力同士の争いが今また始まろうとしていた。引き金(トリガー)となったのは「大穴」の封印解除であることは疑う余地もなかった。

世界が綿々と紡(つむ)いできた膨大な歴史……そのうねりに、否応なく自分自身が巻き込まれていたことをヒカルは知った。

初めて、自覚した。


〈『察知されない最強職12』完〉

ヒーロー文庫

察知されない最強職(ルール・ブレイカー) 12

三上康明

2023年5月10日　第1刷発行

発行者　廣島順二

発行所　株式会社イマジカインフォス
〒101-0052 東京都千代田区神田小川町 3-3
電話／ 03-6273-7850（編集）

発売元　株式会社主婦の友社
〒141-0021
東京都品川区上大崎 3-1-1 目黒セントラルスクエア
電話／ 03-5280-7551（販売）

印刷所　大日本印刷株式会社

ISBN 978-4-07-455309-9